NAME: Justus Jonas
FUNKTION: Erster Detektiv
FRAGEZEICHENFARBE: weiß
BESONDERE MERKMALE: das Superhirn der drei ???; Meister der Analyse und Wortakrobatik; erstaunlich schneller Schwimmer; zu Hause auf dem Schrottplatz von Tante Mathilda und Onkel Titus; zupft beim Nachdenken an seiner Unterlippe
IST FAN VON: Tante Mathildas Kirschkuchen und Denksport aller Art

NAME: Peter Shaw
FUNKTION: Zweiter Detektiv
FRAGEZEICHENFARBE: blau
BESONDERE MERKMALE: für körperliche Herausforderungen immer zu haben, dafür kein Ass in der Schule; großer Tierfreund; Spezialist für Schlösser aller Art, die seinem Dietrichset einfach nicht standhalten können; neigt zu Vorsicht und Aberglauben
IST FAN VON: schnellen Autos (insbesondere seinem MG), der südkalifornischen Sonne, so ziemlich jeder Sportart

Die drei ???®

1.000 Spuren
DEIN FALL
Deine Lösung

Die drei ???®

Höllenfahrt

erzählt von Christoph Dittert

Kosmos

Umschlagillustration von Silvia Christoph, Berlin
Umschlaggestaltung von eStudio Calamar, Girona, auf der Grundlage der Gestaltung von Aiga Rasch (9. Juli 1941 – 24. Dezember 2009)

MIX
Papier aus verantwortungsvollen Quellen
FSC® C014496
FSC
www.fsc.org

Gedruckt auf chlorfrei gebleichtem Papier

Based on characters by Robert Arthur.

ISBN 978-3-440-14617-0
Redaktion: Anja Herre
Lektorat: Nina Schiefelbein
Produktion, Layout und Satz: DOPPELPUNKT, Stuttgart
Printed in Germany / Imprimé en Allemagne

Lieber Leser,

du kennst die drei ??? aus Rocky Beach? Du hast Justus Jonas, Peter Shaw und Bob Andrews schon bei früheren Fällen über die Schulter geschaut? Dann weißt du ja, dass Detektivarbeit viel Köpfchen, flinke Beine und gute Menschenkenntnis erfordert. Das alles bringen die drei jungen Detektive mit, aber für Unterstützung sie sind dennoch dankbar. Und da kommst du ins Spiel.

Immer wieder müssen die drei ??? bei diesem Fall schwierige Entscheidungen treffen: Welcher Weg ist der richtige, um den Countdown zu stoppen? Sollen sie das Monster erst einmal nur verfolgen oder gleich überwältigen? Und mit welchem Lied kann Bob es schaffen, den Gesangswettbewerb zu gewinnen?

Hilf den drei ???, indem du ihnen als vierter Detektiv solche Entscheidungen abnimmst!

Das ist keine einfache Aufgabe: Nicht alles ist so, wie es scheint, und nicht jede Spur bringt dich zum Ziel. Ein früher Erfolg kann ins Leere führen, und wenn die drei ??? denken, alles sei vorbei, nehmen die Ermittlungen möglicherweise erst richtig Fahrt auf.

Da hilft es, wenn wenigstens *du* einen kühlen Kopf bewahrst und auch zwischen den Zeilen liest.

Anders gesagt: *Dein Fall* braucht – dich.

Viel Erfolg bei den Ermittlungen!

Personenverzeichnis

Mr Train organisiert ein Rollenspielercamp in der Nähe von Rocky Beach
Mrs Train teilt den eigenwilligen Künstlernamen mit ihrem Ehemann
Myrna, die Frau mit den roten Haaren im Kassenhäuschen
Erinya Yantigyna spielt eine Schaffnerin. Und mehr.
Charles Norton, ein Kohleheizer
Robert Neal, ein Zombie
Frankensteins Monster hat keinen echten Namen
Walther, ein berühmter Sänger
Amalia, die entzückende Nachtigall des Felsenstrands
Joe Randy und **Harold Young,** Helfer in der Not
Harry Baker nimmt einen Schluck zu viel
Andreä und **Herzelinde** singen mit (vielleicht) zu viel Ehrgeiz
Angelika, ein echtes Rätsel

… und *du* – denn du triffst die Entscheidungen!

»Schaut euch das an, Kollegen!« Peter Shaw grinste und deutete auf das verrückte Namensschild über der Klingel. Kleine dreidimensionale Gleise umrahmten es, und dem Besucher ragten sogar zwei etwa fingerlange Züge entgegen. Doch damit nicht genug: Die Buchstaben in der Mitte verkündeten, dass in diesem Haus MR TRAIN wohnte.
»Da hat sich einer aber wirklich Mühe gegeben«, meinte Bob Andrews.
Der Dritte im Bund der drei ???, der Erste Detektiv Justus Jonas, gab ein »Höchst bemerkenswert!« zum Besten. »Das ist ja geradezu ein schreiendes Namensschild!«
»Ein was?«, fragte Peter.
»Na, normalerweise spricht man von einem sprechenden Namen, wenn dieser gut zu seinem Träger passt. Aber bei diesem Klingelschild ist das so offensichtlich, dass es noch mehr als nur das ist. Es schreit einem den Namen geradezu entgegen! Deshalb diese von mir neu erschaffene Bezeichnung.« Justus räusperte sich. »Ein kleiner Witz meinerseits.«
Doch die drei ??? waren an diesem Abend nicht zum Vergnügen hier, sondern weil sie ein möglicher neuer Auftrag zum Stadtrand von Rocky Beach geführt hatte. Und die Nachricht auf ihrem Anrufbeantworter in der Zentrale hatte alles andere als fröhlich geklungen, sondern sehr bedrückt und ängstlich. Justus hatte sie noch genau im Ohr, einschließlich des Stotterns: *»I-ihr … ihr seid die drei … Moment … die drei ???, ja? Ich – ich brauche Hilfe, unbedingt. Ich wurde bedroht und … also, der Zwerg, ich … Ähm, entschuldigt bitte. Also noch mal in Ruhe. Ich möchte euch engagieren. Bitte kommt so schnell wie möglich vorbei, ich bin den kompletten Tag zu Hause.«* Danach

hatte der hörbar nervöse Mann seine Adresse genannt – und genau da standen die drei ??? nun, ohne in der Zwischenzeit mehr erfahren oder herausbekommen zu haben.

Sie klingelten.

Es geschah nichts ... wenn man davon absah, dass hinter ihnen ein einsames Auto vorbeifuhr und dunkle Wolken aus dem Auspuff spuckte. Am Abend war in dieser ruhigen Wohngegend kaum jemand unterwegs.

Also drückten sie den Klingelknopf erneut, diesmal mit mehr Erfolg. »Ja?«, fragte eine Männerstimme. Durch das eine Wort konnten die Freunde kaum bestimmen, ob es die Stimme vom Anrufbeantworter war.

»Guten Tag, Sir«, sagte der Erste Detektiv. »Hier ist Justus Jonas von den drei ???. Hatten Sie ...«

»Ja, ja!«, fiel der andere ihm ins Wort. Es summte und die Tür sprang mit einem Klacken auf. »Danke, dass ihr gekommen seid. Bitte geht die Treppe einmal hoch, ich warte oben auf euch.«

Justus, Peter und Bob traten ein. Im Haus roch es ein wenig muffig. Die Tapeten und Möbel sahen aus, als wären sie mindestens hundert Jahre alt. Aber alles war piekfein und sauber, auch die Holztreppe samt dem glänzenden, dunkelbraunen Geländer. Neben der untersten Stufe ragte aus einer Ansammlung einiger Spielzeughäuser eine dünne Metallstange in die Höhe, die bis in den nächsten Stock reichte und dort über dem Geländer abknickte. Im Vorbeigehen warf Bob einen Blick auf die Gebäude. Sie sahen futuristisch aus, ein wenig wie ein Flughafenterminal. Oder ein Weltraumbahnhof wie Cape Canaveral?

Er kam nicht dazu, genauer über Sinn und Zweck nachzudenken. Ein leicht hektisch wirkender Mann mit stoppeligem Sechstagebart und einer dickrandigen Brille winkte ihnen vom Ende der Treppe aus zu.
»Mr … Train?«, fragte der Zweite Detektiv.
Der andere nickte hastig. »Der bin ich. Ich habe euch angerufen. Noch mal danke, dass ihr gekommen seid. Ich wurde bedroht, und da dachte ich an euch. Neulich stand etwas über euch in der Zeitung, wisst ihr?«
»Das schmeichelt uns natürlich sehr, Sir«, versicherte Justus, »und gemäß unserem Leitspruch *Wir übernehmen jeden Fall* werden wir gerne für Sie tätig, falls Sie uns engagieren wollen. Dennoch gestatten Sie mir bitte eine Frage: Wäre es nicht eher üblich, sich an die Polizei zu wenden, wenn …«
»Wenn man bedroht wird?«, unterbrach Mr Train. »Einerseits hast du natürlich recht. Aber was würde die Polizei sagen, wenn ich erwähne, dass mich erst ein Zwerg bedroht hat – und dann ein Vampir?«

Da müssen sich auch die drei ??? erst einmal wundern. Dieser Mr Train scheint ein seltsamer Kauz zu sein … oder? **Weiter auf Seite 22.**

Du bist von Seite 77 oder 138 hierhergelangt.

»Ja?«, meldete sich Justus leise am Handy.
»Just! Du wirst es nicht glauben, aber Peter und ich haben beide Mrs Yantigyna gefunden, an zwei Orten gleichzeitig.«
»Was soll das heißen?«
»Es gibt sie zweimal. Wir glauben, es sind Zwillinge. Vermutlich spielen sie den Gestaltwandler! Im Spiel kopiert eine das Aussehen der anderen. Sie sind beide auf dem Weg zur Rakete. Komm dorthin, wir sind auch unterwegs!«
»Ich bin schon dort«, erklärte Justus. »Ich hatte ein Gespräch mit Mr Train, der sich irgendwie merkwürdig benommen und ständig auf die Uhr geschaut hat. Der ganze Stress scheint ihm zu viel zu werden.«
Keine Minute später trafen die drei ??? bei der Rakete zusammen. Von verschiedenen Seiten näherten sich außerdem die beiden Versionen von Erinya Yantigyna, die langsam näher schlenderten.
»Wenn diese Zwillingssache tatsächlich des Rätsels Lösung ist«, sagte Justus, »ging das aber sehr einfach. Verdächtig einfach! Ausgerechnet die Frau, die uns schon mehrfach aufgefallen ist, soll der Gestaltwandler sein? Da ist was oberfaul!«
Im nächsten Augenblick standen beide vor der Rakete: eine Mrs Yantigyna, deren Körper im Kostüm einer Ameise steckte, eine zweite Version mit grüner Haut, von deren Hintern ein Schwanz baumelte. »Was tun wir?«, fragte Justus. »Warten wir ab … oder enttarnen wir sie?«

Wenn du abwarten willst, lies auf Seite 18 weiter. Zur Enttarnung geht's auf Seite 30.

Du bist von Seite 45 hierhergelangt.

»Kampfgeräusche?«, fragte Justus. »Wir dürfen nicht vergessen, wo wir hier sind, Kollegen! Das ist Teil des Rollenspiels!«

»Da können wir nicht sicher sein«, gab Bob zu bedenken. »Wir müssen uns das auf jeden Fall genauer anschauen!«

Mithilfe des Peilsenders drangen die drei ??? zur Quelle des Kampflärms und damit zu Erinya Yantigyna vor. Sie mussten an einer Verzweigung des Höhlengangs nach rechts gehen und kamen bald zum Eingang einer weiteren Höhle.

Darin war ein wilder Kampf in Gange – aber eindeutig inszeniert, genau wie vermutet. Die angebliche Vampirin schaltete nach und nach drei ebenso angebliche Monsterjäger aus. Danach lachte sie triumphierend, während ihre Mitspieler reglos am Boden lagen. Einer konnte sich ein Lachen nicht verkneifen. »Du warst echt gut!«, rief er.

»Still!«, herrschte sie ihn an. »Du bist tot, Bursche!«

Das brachte alle im Raum zum Grölen. Auch die drei ??? konnten sich ein Lachen kaum verkneifen. »Gut, dass wir uns zurückgehalten haben«, flüsterte der Erste Detektiv seinen Freunden zu. »Das wäre ja echt peinlich gewesen, wenn wir uns da eingemischt hätten.«

»Und die Yantigyna hätte uns auch noch erkannt«, meinte Bob. »So können wir im Verborgenen bleiben.« Genau das taten die drei Detektive, zogen sich in den Gang zurück und behielten das Empfangsteil des Peilsenders genau im Auge.

Weiter auf Seite 91.

Du bist von Seite 79 hierhergelangt.

Es blieb keine Zeit mehr, vor dem Finale weitere Ermittlungen anzustellen. Walther, der als Veranstalter des Sangeswettstreits auftrat, rief die Finalisten zu sich – genauer gesagt *»die besten Sänger und Poeten des Erdenkreises«*. »Übergebt euch nun zum letzten Mal der Gunst der Zuhörerschar, die mit ihrem Jubel bestimmen mag, wer der Beste unter euch ist! Stellt euch zunächst erneut vor!«
Zuerst kam eine Frau mit kurz geschorenem, schwarzem Haar. Sie sah ein wenig aus wie eine Rockerin, doch sie sprach mit überraschend sanfter Stimme: »Andreä bin ich, und ich kann keinen Buchstaben! Doch vermag ich mein Herze auszuschütten und meine Seele als einen Spiegel euch vorzuhalten!«
Peter verdrehte die Augen. »Die versucht's auf die schmalzige Art«, flüsterte er Justus zu. »Ob jemand wie sie in der Lage wäre, einen Giftanschlag in Auftrag zu geben?«
Bob war an der Reihe und stellte sich neben seine Konkurrenten. »Ihr kennt mich als Andrew den Dritten, und ihr wisst, dass ich spannende Mär zu verkünden hab!«, rief er. »So war es bislang, so wird es bleiben!«
Als Dritte stieß ein Mädchen zur Finalrunde. Sie schien noch zwei oder drei Jahre jünger zu sein als die drei ??? und trug dicke, blonde Zöpfe, die sie seitlich am Kopf wie Schnecken aufgewickelt hatte. »Ich bin Herzelinde, und erneut will ich euch singen von dem Leide der Kinder auf dem Weg des Älterwerdens!«
Justus warf Peter einen vielsagenden Blick zu. »Das Mädchen kann ich mir noch weniger als Drahtzieherin hinter einem Attentat vorstellen.«
Da konnte der Zweite Detektiv nicht widersprechen, gab je-

doch die alte Detektivregel zum Besten, dass man sich nicht vom Offensichtlichen blenden lassen dürfe.
»Nuuun!«, rief Walther, während er sich hinter die drei Finalisten stellte. »Dass ihr all das könnt, was ihr angekündigt habt, wissen wir! Doch nun müsst ihr zeigen, dass ihr auch vermögt, über jedes Thema frei zu singen. Ich will ein Lied über die Liebe hören, von jedem von euch. Wer mag beginnen?«
Natürlich meldete sich nach diesen Worten niemand freiwillig. Alle versuchten Zeit zu schinden, um wenigstens kurz nachdenken und sich vorbereiten zu können.
»Meine Tochter kann das!«, rief eine Frau aus der Zuhörerschar mit sich überschlagender Stimme. »Sie kann alles! Vorwärts, Herzelinde, zeig es ihnen!« Die fast hysterische Aufforderung erntete nur sehr verhaltenen Applaus, doch Herzelinde blieb nichts anderes übrig, als den Anfang zu machen.
»Die Liebe«, sagte sie mit leicht brüchiger Stimme, »ist ein Geheimnis, das gerade den Kindern verschlossen bleibt, wenn sie ihr zum ersten Mal begegnen. Da-darum singe ich nun von … von der Schönheit des jungen Dichters, der die Prinzessin freit!«
»Fast tut sie mir leid«, flüsterte Peter. »Aber nur fast. Hauptsache, Bob gewinnt.«
Derweil applaudierte die Mutter überschwänglich.
Die Darbietung des Mädchens war weit weniger glänzend als ihre bisherigen Auftritte, die sie gut vorbereitet hatte. Als sie sich bei dem spontan erfundenen Text eines ebenso spontan erfundenen Liedes verhaspelte, lief sie rot an, brach ab und rief: »Ich kann das nicht! Tut mir leid, wenn ich dich enttäusche, Mutter!« Damit eilte sie davon.

Justus und Peter warfen sich einen vielsagenden Blick zu.
»Denkst du dasselbe?«, fragte der Anführer der drei ???.
»Wenn du denkst, dass *diese Mutter* in der Lage wäre, den Sieg ihrer Tochter mit unfairen Mitteln wie einem Giftanschlag zu unterstützen … dann ja!« Peter beobachtete, wie die Mutter der schluchzenden Herzelinde hinterhereilte. »Du hilfst Bob, ich kümmere mich darum!« Er schob sich durch die Menge. Nur am Rande bekam er mit, dass nun Bob mit seinem Beitrag begann.
»Die Liebe«, rief der dritte Detektiv, und es klang durchaus souverän, »ist auch ein Ort steter Gefahr! Was haben Menschen aus Liebe nicht alles unternommen, welchen Unwägbarkeiten getrotzt! Der Ritter, der gegen den Drachen kämpfte … oder die Gespensterschlösser, die nach Schätzen durchsucht wurden, um der Geliebten ein Geschenk zu überreichen …«
Peter konnte sich ein Grinsen kaum verkneifen. Wie tief Bob in die Mottenkiste seines Archivs ihrer bisherigen Fälle griff! Die eigentliche Aufmerksamkeit des Zweiten Detektivs galt aber der Mutter, die inzwischen weitab des Lagerfeuers bei Herzelinde angekommen war und sie am Arm packte.
»Wie konntest du nur?«, schimpfte die Frau.
Herzelinde schüttelte den Griff ab. »Ich hab's so satt! Diesen dämlichen Wettbewerb zu gewinnen, das war dein Wunschtraum, nicht meiner! Ich weiß, dass du das nie hinbekommen hast, weil du nicht singen kannst … aber ich … ich will das auch gar nicht!«
Ihre Mutter sah aus, als wäre sie mitten ins Gesicht geschlagen worden. »Nach allem, was ich für dich getan habe? Du undankbares Gör!«

Peter hatte sich derweil herangeschlichen und schrie die Frau nun von hinten an, sodass sie zusammenzuckte. »Nach allem, was Sie getan haben? Wie zum Beispiel, einen Konkurrenten Ihrer Tochter mit unlauteren Mitteln aus dem Weg zu räumen?«
Die Frau wirbelte herum. »Was fällt dir ein?! Misch dich gefälligst nicht in private Familienangelegenheiten ein!«
Peter schwieg einen Moment. War er zu weit gegangen? Vom Lagerfeuer wehte Bobs Stimme herüber. Der dritte Detektiv sang etwas von der Himmelsmacht der Liebe, die das Herz erquickt und die Finsternis vertreibt. Danach wusste er offenbar nicht weiter und völlig überraschend sprang Justus ein, indem er aus dem Publikum rief: »Ja, das Licht der Liebe scheint!« Aus dem Augenwinkel sah Peter, wie der Erste Detektiv zu Bob sprang und mit einer dramatischen Geste ankündigte, die Darbietung nun zu einem Duett zu erweitern. Da ging wohl die Leidenschaft der Schauspielerei mit ihm durch. Das Publikum johlte vor Begeisterung.
Peter wurde wieder sicherer. »Geben Sie zu, dass Sie den besten Sänger dieses Wettbewerbs vergiftet haben!«
»Wie kannst du es wagen, so etwas …«
»Mama, hast du das wirklich getan?«, rief Herzelinde – in deren Herz es vermutlich gerade gar nicht so lind aussah.
»Ich … also …«
»Mama!«
Die Mutter senkte beschämt den Blick. »Vielleicht bin ich doch zu weit gegangen.«
Herzelinde presste erneut ein ersticktes »Mama« heraus, ehe sie den Kopf schüttelte. Ihre Mutter gab sichtlich jeden Wi-

derstand auf. »Es tut mir leid. Ich gestehe. Ich werde mich bei der Campaufsicht melden.«
»Und ich werde dafür sorgen, dass du das wirklich tust!«, versprach Herzelinde erbittert.
Peter nickte. »Es ist wichtig, dass Sie nun die Wahrheit sagen. Wissen Sie außerdem irgendetwas über eine Entführung? Und sagt Ihnen der Name Yantigyna etwas?«
»Ent...Entführung? Wer ist entführt worden? Und wer soll das sein, Yantigyna?«
»Vergessen Sie es«, sagte Peter. Die Verwirrung war so echt, dass sie unmöglich gespielt sein konnte. Diese Affäre um den Sangeswettstreit hatte tatsächlich nichts mit ihrem eigentlichen Fall zu tun, da war sich der Zweite Detektiv sicher. Die drei ??? schlitterten eben an allen Ecken und Enden in irgendwelche Intrigen und Verbrechen hinein.
Er überließ Mutter und Tochter sich selbst und eilte zurück zum Lagerfeuer. Dort ernteten Bob und Justus gerade frenetischen Applaus – so frenetisch, dass die dritte Finalistin Andreä gar nicht mehr antrat, sondern grinsend verkündete, dass sie diese Darbietung ohnehin nicht übertreffen könne.
»Damit steht der Sieger des Wettstreits fest«, rief Walther begeistert. »Oder soll ich sagen – die Sieger? Andrew der Dritte und ...« Er hob fragend die Stimme.
»John der Erste«, sagte Justus höchst zufrieden.
»Ihr gewinnt Ruhm und Ehre und die Anerkennung aller Menschen!«, sagte Walther. »Und damit endet dieser Tag im Mittelalter! Wohlan, ich wünsch euch eine gute Nacht, wir sehen uns wieder, wenn die Sonn' aufgeht!«
Bob und Justus ernteten noch so manches anerkennende Hän-

deschütteln und den Kuss einer Prinzessin. Dann verstreute sich die Menge.

»Ruhm, Ehre und die Anerkennung aller Menschen?«, bemerkte Bob schließlich. »Von den Entführern würde mir ein Hinweis genügen, wie es jetzt weitergeht.«

Und wie auf Kommando ertönte es plötzlich aus Richtung der Steilklippen: »Morgen in der Science-Fiction-Welt! Löst die Aufgabe und wir lassen sie frei!«

Die drei ??? zückten sofort ihre Taschenlampen und rannten los, doch sie fanden niemanden mehr. Wer immer die Worte gerufen hatte, war in der Dunkelheit untergetaucht.

»War das ein Tag«, ächzte Peter.

»Davon könnte ich glatt ein Lied singen«, meinte Bob, »wenn ich nicht schon viel zu viel gesungen hätte heute …«

Glückwünsche!

Du hast Runde 3 bestanden!

Auf Seite 103 bereitest du dich auf die letzte Runde vor!

Du bist von Seite 10 hierhergelangt.

Die drei ??? entschieden sich, zunächst abzuwarten und zu beobachten. Was konnte es mit der doppelten Erinya Yantigyna auf sich haben? War sie tatsächlich der in dieser Spielwelt gesuchte Gestaltwandler?

Die beiden Frauen erweckten nun auch anderweitig Aufmerksamkeit. Ein Mann in einem glänzenden Astronautenanzug reagierte als Erster. »Ich habe den Gestaltwandler enttarnt! Er ahmt teilweise die Gestalt einer unserer Bürgerinnen nach.« Sofort entstand ein Tumult. »Du warst nicht raffiniert genug, du fieses Alien!«

Sämtliche Mitspieler rundum stürzten sich auf die doppelte Mrs Yantigyna. Eine der beiden schrie gekünstelt auf und versuchte wegzurennen. Dabei warf sie ihren künstlichen Schwanz ab und wischte sich übers Gesicht, was die grüne Farbe verschmierte. Offenbar sollte das eine Veränderung der Gestalt andeuten.

Ein Riesenspaß für alle Teilnehmer, das war offensichtlich – nicht aber für die drei ???, die betroffen dastanden. Sie hatten zu lange gezögert! Ein anderer hatte den Gestaltwandler enttarnt, was hieß, dass sie die vierte, alles entscheidende Runde verloren hatten!

Das hätten sich die drei ??? denken können, dass auch andere auf die zündende Idee kommen, wenn die Zwillinge so nah beisammenstehen! Die Freunde waren raus aus dem Spiel! Zwar wurde Mrs Train später ohne weitere Forderungen freigelassen, aber das Rätsel um die verrückte Entführung blieb ungelöst.

Du bist von Seite 70 oder 97 hierhergelangt.

»Was bei allen Dampfwolken Amerikas tut ihr hier?«, fragte Peter seine Freunde.
Justus und Bob hielten nasse Lappen in den Händen und befreiten den Schlepptender von schwarz verschmiertem Dreck. Erinya Yantigyna half ihnen. »Wir sorgen dafür, dass unsere Passagiere ein erstklassiges Reiseerlebnis genießen«, sagte Bob ein wenig zerknirscht.
»Und wir denken nach«, ergänzte Justus. »Diese Schmutzspuren könnten nämlich von einem Diebstahl stammen, Kollege. Und Verbrechen aller Art interessieren uns doch, richtig?«
»Und ganz besonders bombige Verbrechen«, sagte Peter. »Ich hätte da so einige Neuigkeiten für euch.«
Justus wandte sich an Erinya. »Sie gestatten uns doch eine Pause, Kollegin?«
Sie lächelte. »Selbstverständlich. Ich habe ohnehin etwas anderes zu tun.« Sie hob grüßend die Hand. »Wir sehen uns sicher wieder, in diesem oder einem anderen Spiel!« Damit zog sie sich zurück, was den drei ??? nur recht war. Sie hörten sie allerdings noch »bombig« murmeln, was ihnen gar nicht gefiel. Hatte Peters Spruch sie misstrauisch gemacht?
Peter schaute sich um. Keiner durfte hören, was sie nun zu besprechen hatten! »Ich habe tatsächlich eine neue Nachricht der Entführer gefunden.« Er hielt ihnen den Zettel hin.
Brav geklettert! Weil es das erste Spiel ist, machen wir es einfach. Sagt mir eins: Wo fällt so ein schmutziges Dreckstück wie eine Bombe am wenigsten auf? Sucht sie und beeilt euch: Entschärft die Bombe! Sonst gibt's einen Knalleffekt, den wir doch alle gar nicht wollen, nicht wahr? Warum? Weil mein Schatz ein Kohlenheizer ist!

»Kann mir einer von euch sagen, was das zu bedeuten hat?«, fragte der Zweite Detektiv.
»Wo fällt eine Bombe am wenigsten auf?«, murmelte Bob.
»Das ist eine gute Frage. Wenn wir das wüssten, könnten …«
»Moment!«, unterbrach Justus. »Wir dürfen nicht vergessen, dass wir uns in einer totalen Scheinwelt befinden. Auf dem Camp ist alles nur Verkleidung, nichts ist echt! Also, wo würde eine echte Bombe gar nicht auffallen? Unter einer Menge falscher Bomben! Alles Attrappen, nur eine echt. Wäre das nicht fatal?«
»Aber wir sind in der Eisenbahnwelt. Hier gibt es kein Bombenlager«, gab der dritte Detektiv zu bedenken.
»Ich hab's!«, rief Peter, was ihm verärgerte Blicke seiner Freunde einbrachte. »Schon gut, schon gut, ich bin leiser. Aber dank eurer Überlegungen weiß ich, wo die Bombe ist. Denn in dem Brief steht nicht die Frage, wo eine Bombe nicht auffällt … sondern wo *ein schmutziges Dreckstück* wie eine Bombe nicht auffällt! Und das ist eben unter anderem schmutzigem Dreck! Also …«
»… im Kohlevorrat im Schlepptender«, sagten die drei ??? gemeinsam, drehten sich um und schauten auf die blitzblanke Außenwand des Tenders.
»Da hat nicht etwa jemand eingebrochen und Kohle geklaut«, sagte Bob fassungslos. »Was wir da mühsam beseitigt haben, sind die Schmutzreste, die unser Gegner hinterlassen hat, nachdem er dort reingeklettert ist und die Bombe hineingetragen hat!«
»Kollegen, wird euch auf einmal auch mulmig?«, fragte Peter. »Wenn die Bombe hochgeht, stehen wir quasi direkt davor!«

»Okay«, sagte Justus möglichst beruhigend. »Behalten wir die Nerven, Freunde. Jetzt müssen wir den Rest der Botschaft enträtseln! Wir sollen die Bombe also entschärfen. Sicher ist dieser merkwürdige Satz ein Hinweis: *Weil mein Schatz ein Kohlenheizer ist.*«

»Das ist doch kein Hinweis«, sagte Bob, »das ist völliger Unsinn!«

»Leute«, sagte Peter. »Es geht um eine Bombe, und nicht nur wir stehen direkt in der Nähe, sondern auch eine Menge anderer Menschen, die hier ihren Spaß haben wollen und nichts von der Gefahr ahnen. Habt ihr jemals eine Bombe entschärft? Nein? Ach ja, ich auch nicht! Wir brauchen Hilfe!«

»Die haben wir!« Justus wedelte mit dem Papier. »Wir müssen sie nur verstehen! Unsere Gegner wollen nicht, dass wir uns an die Polizei wenden!«

»Und wir tun, was unser Gegner will?«, fragte Peter. »Ich sage, wir müssen uns Hilfe holen. Am besten gleich irgendwelche Sprengstoffspezialisten! Na los, worauf warten wir noch?«

Ja, worauf? Wenn du wie Peter erfahrene Hilfe holen willst, geht es auf Seite 49 weiter.

Oder lieber auf eigene Faust weitermachen? Ab zu Seite 37.

Du bist von Seite 7 hierhergelangt.

»Ein Zwerg?«, fragte Bob interessiert.

»Und ein Vampir?«, ergänzte Peter merklich weniger interessiert, aber mit ängstlichem Unterton.

Justus knetete leicht seine Unterlippe. »Also zwei sagenhafte Gestalten, wenn wir davon ausgehen, dass Sie nicht von einem kleinwüchsigen Menschen oder einem Liliputaner reden.«

Mr Train nickte hastig. »Davon rede ich ganz und gar nicht!« Er winkte den Jungs, ihm zu folgen, und ging ins nächstgelegene Zimmer.

Die Stange, die am Ende des Geländers wieder nach oben ragte, knickte unterhalb der Decke erneut ab und beschrieb einen waagerechten Bogen. Dann verzweigte sie sich: Ein Strang führte weiter nach oben, der andere ging durch eine Öffnung in der Wand oberhalb der Tür bis in das Zimmer, in das ihr potenzieller Auftraggeber verschwunden war.

»Wie eine Art Katzenklappe«, meinte Peter, als sie das Zimmer betraten, »nur nicht am Boden. Seltsam.«

Mr Train bemerkte ihre verwunderten Blicke. Er deutete auf die Stange, die unter der Decke entlanglief, sich schließlich zu einem großen Schreibtisch hinabsenkte und hinter einem wuchtigen alten Computermonitor verschwand. »Ihr habt mein All-Post-System bemerkt.«

»All-Post?«, fragte der Erste Detektiv.

»Ich zeige es euch gleich.« Mr Train deutete zum Schreibtisch. »Ich würde euch ja Stühle anbieten, aber hier stehen keine. Es macht euch doch nichts aus?«

»Kein Problem«, versicherte Peter. »Also, was ist genau passiert?«

Mr Train umrundete den Schreibtisch und ließ sich in den

Stuhl dahinter fallen. Die Rückenlehne knarzte. »Das erkläre ich euch gleich. Ich schicke nur schnell meiner Frau eine All-Post. Sie soll mithören.«

Justus schaute ihm interessiert zu. »Sie reden von einer Art Hauspostsystem?«

Ein hastiges Nicken antwortete ihm. »Das Gestänge reicht in jedes Zimmer, sogar ins Bad. Ich nenne es All-Post, so wie Weltall, weil ich als Transportmittel kleine Raketen wie diese hier verwende.« Er kritzelte hastig etwas auf einen Zettel und ließ ihn in der Öffnung eines etwa handspannengroßen Raumschiffs verschwinden, das er nun auf die Stange aufsetzte. Von der Spitze der Rakete ragte eine Antenne auf. Er schickte das seltsame Gefährt auf die Reise, indem er einige Knöpfe drückte. »Ich kann jedes Zimmer in allen Stockwerken als Ziel einprogrammieren«, erklärte er stolz wie ein Junge, der seinen Freunden seine coole Rennbahn präsentiert. »Meine Frau ist in ihrem Nähzimmer. Das liegt noch ein Geschoss höher.« Die Rakete blinkte, zischte und brauste aus dem Raum. »Sie wird bestimmt gleich zu uns stoßen. Nur eins will ich euch schon im Voraus sagen – ihr und mir droht große Gefahr!«

»Von einem Zwerg und einem Vampir?«, fragte der Erste Detektiv skeptisch. Er überlegte, ob sie es möglicherweise mit einem Spinner zu tun hatten. »Aber etwas anderes, Sir. Wieso benutzen Sie eigentlich ein Raumschiffsystem und keine Züge? Das läge bei Ihrem Namen doch nahe.« Dabei vermutete Justus insgeheim, dass *Train* nicht sein echter Name war, Klingelschild hin oder her.

»Die hatte ich bis vor zwei Jahren, dann fand ich, es wurde

Zeit für etwas Neues. Man will sich ja weiterentwickeln, richtig?«

Die drei ??? tauschten vielsagende Blicke. »Trotzdem wäre es doch schneller gegangen, wenn Sie Ihre Frau einfach gerufen hätten«, meinte Peter.

»Wo bliebe denn da der Spaß?«, fragte Mr Train.

Sie warteten, während den drei ??? ungefähr tausend Fragen auf der Zunge lagen. Doch Mr Trains Ehefrau kam nicht. Stattdessen ertönten aus dem Obergeschoss ein Gerumpel und Gepolter, als wäre ein ganzes Regal umgefallen und hätte hunderte dickleibige Bücher auf dem Boden verteilt. Mindestens. Ein laut splitterndes Geräusch folgte.

»Der große Spiegel im Nähzimmer«, rief Mr Train entsetzt.

Schon wollten die drei ??? ins Obergeschoss hetzen, als bizarrerweise die Rakete zurückkam. An der Antenne hing eine Halskette, von der eine große Brosche baumelte. »Die gehört meiner Frau!«, rief Mr Train entsetzt.

Im Nachrichtenfach lag ein Zettel, den sich Peter reflexartig schnappte. *»Ich habe Ihre Frau entführt!«*, las er vor. *»Keine Polizei! Tun Sie nichts, bis ich mich melde. Sonst geht es Ihrer Frau schlecht!«*

Gleichzeitig polterte es erneut im Obergeschoss.

»Der Entführer und Ihre Frau sind noch oben!«, rief Bob.

Und jetzt? Abwarten, wie es der Entführer verlangt, um Mr Trains Frau zu schützen? Dann auf zu Seite 96.

Oder die Gunst der Stunde nutzen und sofort handeln, also die Verfolgung aufnehmen? Ab zu Seite 67.

Peter hielt das gelbe Kabel in der Hand – und die Luft an! War das die richtige Entscheidung gewesen? Mit einem Mal war er sich gar nicht mehr sicher ... Nein! Er hatte einen Fehler gemacht und genau falsch gedacht ... Es surrte und klickte und im nächsten Moment gab es einen Knall!

Die drei ??? schrien auf. Aber das war nicht die Explosion einer Bombe. Stattdessen ergoss sich eine Wasserfontäne über die Jungen, weil sich der Wassertank der Lok öffnete. Hunderte Liter schwappten heraus, überfluteten die Kohle und verwandelten alles in einen ekligen, schmierigen Brei. Bob versuchte wegzukommen, rutschte aus und fiel mit dem Gesicht voran in die schwarze Brühe.

Trotz allem war Peter erleichtert. Offenbar hatte er das falsche Kabel gezogen – aber es war keine echte Bombe gewesen, sondern nur eine Art Spielzeug, eine Fernsteuerung, die die Klappe zum Wassertank öffnete.

Da begriff er: »Weil mein Schatz ein Kohlenheizer ist.« Das war eigentlich eindeutig. Nur hatte er es nicht kapiert!

So krochen die drei Freunde patschnass und über und über verschmiert von der Lok und ernteten so manches Gelächter. Diese Aufgabe hatten sie nicht gelöst ...

Und damit war für die drei ??? das Spiel der Entführer zu Ende. Zwar wurde Mrs Train kurz darauf ohne weitere Forderungen freigelassen, aber was hinter der ganzen seltsamen Geschichte steckte, erfuhren sie nie. Du sollst jedoch eine zweite Chance erhalten in dieser ersten Spielrunde, geh zurück zu Seite 37 ...

Du bist von Seite 37 hierhergelangt.

Du bist von Seite 51 hierhergelangt.

Peter stürzte los. In diesem Moment der akuten Gefahr war von seiner Ängstlichkeit nichts mehr zu spüren. Seine Freunde folgten ihm, das gab ihm ein gutes Gefühl. Der Zweite Detektiv packte Erinya Yantigynas Arm und bog ihn zurück. Gleichzeitig zog er der völlig überraschten Frau die Beine weg. Die angebliche Vampirin stürzte rückwärts.

»Was tut ihr da?«, fragte das Opfer, das eben noch in Lebensgefahr geschrien hatte, verblüfft.

Mrs Yantigyna knallte hart auf. Ihr Kopf schlug auf den Boden. Sie schrie vor Schmerzen. Bob stürzte sich auf sie, packte ihre Arme, Justus drückte sie zusätzlich nieder.

Dabei sah Peter auf ihre Hand, die das Messer hielt.

Nur dass es kein Messer gab! Was da im flackernden Licht geblitzt hatte, waren die falschen Krallen ihrer Vampirklauen gewesen.

Die beiden eben noch scheinbar ohnmächtigen Männer, die reglos am Boden gelegen hatten, standen abrupt auf. »Seid ihr verrückt?«, rief einer. »Ihr tut ihr weh!«

Da fiel es den drei ??? wie Schuppen von den Augen. Wie hatten sie nur so dumm sein können! Dies war ein Rollenspiel, und die Vampirin hatte noch gesagt, dass sie einem Monsterjäger auf der Spur war …

Was die drei ??? hier beobachtet hatten, war nichts als ein Kampf innerhalb dieses Spiels gewesen! Justus und Bob sprangen von Mrs Yantigyna weg, als stünde sie plötzlich in Flammen. Sie rollte sich zur Seite und hielt ihren Kopf.

»Ent-entschuldigen Sie«, sagte Peter. »Ich … wollte Sie nicht angreifen. Sind Sie verletzt? Kann ich etwas für Sie tun?«

»Nicht angreifen?« Sie ächzte. »Dafür hast du es aber gut ge-

macht!« Sie zog die Hände zurück. Zwischen den Fingern glitzerte Blut. Nur dass es diesmal echtes war und kein Kunstblut wie das auf dem Weg in die Höhle.
Die beiden Männer packten inzwischen Bob und Justus. »Ihr seid ja gemeingefährlich! Habt ihr sie noch alle?«
Offenbar nicht, dachte der Erste Detektiv beschämt. Sie hatten sich so von ihrem Verdacht blenden lassen, dass sie automatisch angenommen hatten, Mrs Yantigyna würde tatsächlich jemanden angreifen. Sie hatten sich benommen wie die Narren! Das hatte nicht nur schmerzhafte Folgen für Erinya Yantigyna, das verletzte ihn auch zutiefst in seiner Detektivehre. »Entschuldigung«, sagte er kleinlaut.
»So einfach kommt ihr damit nicht durch!«, sagte einer der beiden Männer.

Und das taten sie auch nicht. Gemeinsam gingen sie nicht nur zur Erste-Hilfe-Station, wo Mrs Yantigyna verarztet wurde, sondern auch zur Campleitung. Dort trafen sie Mr Train ... und hörten, dass seine Frau ohne weitere Forderungen freigelassen worden war. Trotzdem wurden sie wegen heftigen Rollenverstoßes und Gewaltanwendung des Camps verwiesen. Mrs Yantigyna verzichtete darauf, die drei anzuzeigen. Wenigstens das blieb ihnen erspart. Aber das Rätsel der seltsamen Frau lösten sie ebenso wenig wie das der Entführung. Dieses Spiel war alles andere als gut ausgegangen ...

Du bist von Seite 116 hierhergelangt.

Die drei ??? wimmelten die Journalisten fürs Erste ab, versprachen aber, später für weitere Fragen und Interviews zur Verfügung zu stehen. Sie wollten sich um den neuerlichen Rummel kümmern … erst recht, als sie im Getümmel Inspektor Cotta entdeckten!

Ihnen war klar, dass der Polizist nicht ohne Grund im LARP-Camp auftauchen würde, und schon gar nicht wegen dieser Geschichte um die fingierte Entführung. Dafür hätte der Inspektor höchstens eine mürrische Bemerkung übrig, im Sinne von: »Stehlt mir damit nicht meine kostbare Zeit!«

Schon auf dem Weg zu dem Inspektor erfuhren die Freunde, was geschehen war. Die Nachricht verbreitete sich in Windeseile im ganzen Camp. Überall standen Spieler zusammen und empörten sich. Denn die Kasse des Camps war gestohlen worden, samt allen Einnahmen des Wochenendes! Dabei handelte es sich um fast 75.000 Dollar.

Die drei ??? trafen Inspektor Cotta schließlich bei der rothaarigen Myrna, die im Kassenhäuschen die Eintrittsgelder kassiert hatte. Sie kamen gerade an, als Cotta fragte, warum in aller Welt sie nicht wenigstens die Einnahmen des ersten Tages zwischenzeitlich zur Bank gebracht hatte.

»Das wäre gut gewesen«, gab Myrna zu, »aber mit so etwas hat doch keiner gerechnet! Gestern Nacht, als das Camp endete, waren alle Banken natürlich längst geschlossen. Ich dachte, das könnte ich heute erledigen.«

»Weil die Banken heute am Sonntag ja bis in die späte Nacht geöffnet haben«, herrschte Cotta sie an. Offenbar verdächtigte er sie, selbst die Diebin zu sein.

Die junge Frau fuhr sich mit dem Handrücken über den

Mund. »Natürlich nicht. Ich … ich meinte, nach dem Camp könnte ich das erledigen. Also morgen.« Sie entdeckte die drei ???. »Wisst ihr etwas darüber? Ihr seid doch Detektive, wie ich jetzt gehört habe, und ihr wart die ganze Zeit im Auftrag von Mr Train hier!«
Cotta drehte sich um und sah Justus, Peter und Bob an. »Ach. Ihr seid's. Habt ihr genug vom Medienrummel, ja?«
»Das haben wir in der Tat, Sir«, sagte Justus höflich. »Und wir glauben nicht, dass Myrna die Kasse gestohlen hat.«
Myrna atmete geräuschvoll ein. »Ich? Aber wer sagt denn, dass ich die Diebin wäre?«
»Niemand behauptet das«, stellte der Inspektor klar.
»Wenngleich Sie den Verdacht haben«, behauptete Justus.
»Natürlich muss ich das überprüfen«, gab Cotta zu. »Aber warum schließt *ihr* diese Frau als Verdächtige aus?«
Peter verstand, worauf Justus hinauswollte. »Weil der Dieb doch eindeutig die Ablenkung durch die Entführung und die ganzen Reporter ausgenutzt hat, um zuzuschlagen. Myrna hätte das gar nicht nötig gehabt. Sie hätte ständig auf die Kasse zugreifen können.«
»Richtig!«, ereiferte sich die Kassiererin. »Ich bin nur mal kurz aus dem Kassenhäuschen gegangen, als …«
Cotta warf ihr einen scharfen Blick zu. »Schon gut! Und wen verdächtigt ihr dann, Jungs?«
»Da kommen nur wenige infrage«, meinte Justus.

Seht ihr das genauso? Die Lösung gibt's auf Seite 142.

Du bist von Seite 10 hierhergelangt.

»Wir dürfen nicht zögern, sonst löst jemand anderes die Runde vor uns!«, sagte Bob hastig. »Einverstanden?«
Justus und Peter nickten.
»Ich habe den Gestaltwandler …«, setzte Justus laut an, damit alle ihn hören konnten, doch er kam nicht dazu, den Satz zu Ende zu bringen. Eine der beiden Mrs Yantigynas stürzte sich auf die Frau, die nur ihre Zwillingsschwester sein konnte, und hielt ihr den Lauf einer Laserpistole an die Schläfe!
Zwar wirkte die Szenerie wegen der futuristischen Waffe ein wenig lächerlich, doch auf dem Gesicht der Bedrohten lag nackte Panik.
»Hilfe!«, schrie die zweite Mrs Yantigyna.
Sofort entstand ein Tumult. Sämtliche Mitspieler stürzten sich auf die doppelte Erinya … das heißt im LARP-Spiel auf den Gestaltwandler und sein Opfer.
»Ich habe den Wandler zuerst enttarnt!«, schrie Justus, um die Menge zu übertönen.
»Maul halten!«, grollte das angebliche Insektenwesen. Die Laserwaffe hielt es immer noch an die Schläfe seines Opfers. »Keinen Schritt, oder ihr geht es schlecht!«
Mr Train wankte näher. »A-aber … Das … das ist …«
Die drei ??? konnten nicht hören, was er noch sagte, der Tumult um den Gestaltwandler war zu laut. Peter ergriff die Initiative, drängte sich vor und schlug von hinten gegen den Waffenarm. Die Laserpistole flog in hohem Bogen davon.
Der angebliche Gestaltwandler fluchte und versuchte wegzurennen. Dabei warf *diese* Mrs Yantigyna ihren künstlichen Schwanz ab und wischte sich übers Gesicht, was die grüne Farbe verschmierte. Offenbar sollte das eine Veränderung der

Gestalt andeuten. Sie flüchtete, doch immer mehr Mitspieler versuchten, sie zu stoppen.

Für die Teilnehmer war das ein Riesenspaß, das war offensichtlich – aber die drei ??? konnten sich noch nicht entspannen. Klar, durch Bobs rasche Reaktion hatten sie die vierte, alles entscheidende Runde gewonnen. Wenn ihre Gegner Wort hielten, mussten sie nun die entführte Mrs Train freilassen.

Aber mit der zweiten Mrs Yantigyna, die das Opfer in diesem Spiel gewesen war, stimmte etwas nicht! Sie schluchzte und sackte an der Rakete zusammen.

Da tauchte Mr Train auf, rannte zu ihr hin, bückte sich – und legte ihr die Arme um die Schultern. »Meine Frau!«, rief er erleichtert. »Ihr habt meine Frau befreit … Hört her, alle! Diese drei jungen Detektive haben meine Frau aus dem Bann des Gestaltwandlers befreit!«

Eine Menge Leute standen staunend umher, etliche fingen an zu applaudieren. Überall im Zelt wurde getuschelt.

Diese Enwicklung verschlug den drei ??? den Atem. Was hatte das jetzt zu bedeuten? Das passte doch hinten und vorne nicht zusammen. Sie waren sicher, dass noch eine faustdicke Überraschung auf sie wartete.

Herzlichen Glückwunsch!
Du hast auch die vierte Runde bestanden!
Aber … was nun? Weiter auf Seite 116.

Du bist von Seite 111 hierhergelangt.

Eine Weile stand Peter unschlüssig da, ehe er beschloss, die heimliche Verfolgung des Mönchs aufzunehmen. Dieser Mann hatte ein Geheimnis, und was immer es sein mochte, der Zweite Detektiv wollte es ergründen!

Er hielt Abstand, sodass der Mönch ihn nicht bemerken konnte, und verfolgte dessen Schritte nach Gehör. Der Mönch verließ die Mittelalterwelt und machte sich auf den Weg in Richtung Steilklippen, wo das Horrorspiel noch lief, das die drei ??? vor einigen Stunden glücklich hinter sich gebracht hatten. Er sah sich ein paarmal um, dann setzte er sich an einer einsamen Stelle auf die Klippen und schaute aufs Meer.

Seine Silhouette hob sich vom durch den Mond nun ein wenig erhellten Himmel ab wie ein Scherenschnitt. Er zog etwas aus einer Tasche seines Umhangs. Peter schlich nahe genug heran, um erkennen zu können, was der Mönch tat – nämlich etwas, das zu einem echten Mönch ganz und gar nicht gepasst hätte. Er zählte ein Bündel Geldscheine!

Dem Zweiten Detektiv schossen einige Erklärungsmöglichkeiten durch den Kopf. Am wahrscheinlichsten schien ihm, dass das sein Lohn dafür war, im Auftrag eines anderen das passende Opfer vergiftet zu haben. Nur – wieso? Was und wer steckten dahinter?

Peter schaute auf die Uhr. Der Sangeswettstreit musste sich langsam dem Ende nähern. Bald schloss das LARP-Camp für diesen ersten Tag seine Pforten. Sein Handy vibrierte. Bob war dran. »Wir haben es geschafft!«, sagte der dritte Detektiv überglücklich. »Es war gar nicht einfach, ich hatte einige sehr hartnäckige Gegner! Aber Justus hat mir geholfen und … ach egal, wir haben gewonnen.«

»Großartig! Und gibt es eine neue Botschaft der Entführer?«, flüsterte Peter.
»Und ob! Morgen früh geht es in der Science-Fiction-Welt weiter, wir …«
»Ach, verdammt!«, fiel der Zweite Detektiv seinem Freund ins Wort.
»Was ist los?«
Peter ignorierte die Frage, schaute sich hektisch um. Der angebliche Mönch war verschwunden! Während des Telefonats war der Zweite Detektiv nicht mehr aufmerksam genug gewesen.
»Peter, was ist denn?«, fragte Bob erneut. »Ist dir was passiert? Peter!«
Der Zweite Detektiv seufzte. »Keine Gefahr«, gab er Entwarnung. »Aber der Mönch ist mir entkommen.«

So kam es, dass die drei ??? nie erfuhren, was hinter der Vergiftung steckte. Weiter geht's für sie und dich mit der nächsten Spielrunde auf Seite 103. Wenn dich die detektivische Neugier treibt, solltest du allerdings zu Seite 111 zurückgehen und dort eine andere Entscheidung treffen, denn für eine ruhige Beobachtung war wirklich nicht die geeignete Zeit …

Du bist von Seite 112 hierhergelangt.

»Ich bin froh, dass dieses ganze Horrorzeug hinter uns liegt«, sagte Peter. Sie standen an seinem MG und wühlten in den Verkleidungen, um sich passend auszustaffieren. Ihre Gegner schickten sie also in die Mittelalterspielwelt. Welche Rolle die geheimnisvolle Erinya Yantigyna wohl spielte? War sie eine Helferin? Oder ihre eigentliche Gegnerin? Allein arbeitete sie jedenfalls nicht, das stand fest, weil es mindestens zwei Entführer gab.

Justus hielt triumphierend ein sackartiges Gewand hoch. Ein graues Stoffband baumelte daran herab, etwa in Höhe der Taille an einem Punkt angenäht. Man konnte es als Gürtel benutzen. »Das hier ist passend!«

Peter fand eine eher farbenfrohe Verkleidung, die er spontan mit einem Hofnarren verband. Es gab sogar eine gestreifte Mütze, an der ein Glöckchen baumelte. »Hauptsache, es passt in die Zeit«, murmelte er vor sich hin, während er hineinschlüpfte und sich total albern vorkam.

Bob wühlte noch und musste sich schließlich mit einem einfachen grauen und zerfledderten Shirt und einer Art besserem Lendenschurz zufriedengeben.

»Ohne Shirt gehst du glatt als Tarzan durch«, spottete Peter.

»Sehr motivierend«, murrte Bob. »Hast du eine bessere Idee?«

Der Zweite Detektiv zog eine kurze Hose aus zerschlissenem Leder heraus. »Was hältst du davon? Klar, eine Ritterrüstung wäre edler.«

»Es mag nicht perfekt sein«, gab Justus zum Besten, »aber es sollte ausreichen. Wir dürfen keine Zeit verlieren!«

Es war inzwischen früher Abend. Der erste Spieltag des LARP-Camps endete kurz vor Mitternacht. Viel Zeit blieb also nicht

mehr, wenn sie die ihnen gestellte Aufgabe noch als dritte an diesem Tag bewältigen wollten. Sie hatten bereits eine Bombe entschärft und einen echten Vampir gefunden ... nun galt es, einen Sangeswettstreit zu gewinnen. Was immer das auch genau bedeutete. Also machten sich die drei ??? auf den Weg zurück zum Camp.
Die rothaarige Myrna saß im Kassenhäuschen und winkte sie durch, ohne dass sie ihre Ausweise vorzeigen mussten. Offenbar kannte sie sie inzwischen. Das brachte Bob auf eine Idee. Er sprach Myrna an. »Darf ich Sie kurz stören?«
»Nur zu, Junge!« Sie machte eine umfassende Handbewegung. »Um diese Zeit habe ich nicht gerade viel zu tun. Alle, die heute mitspielen wollen, sind längst da. Ich könnte genauso gut Feierabend machen.«
»Sagt Ihnen der Name Erinya Yantigyna etwas?«
Myrna runzelte die Stirn. Die Augenbrauen bildeten fast eine geschlossene Linie. »Ich kann nicht einfach über irgendwelche Teilnehmer des Camps sprechen. Schon mal was von Datenschutz gehört? Ihr würdet doch auch nicht wollen, dass ich irgendwelchen dahergelaufenen Typen Informationen über euch gebe.«
»Das ist ein schlagendes Argument«, mischte sich Justus ein. »Aber da Sie ja wissen, dass wir mit Mr Train hierherkamen, sind wir keine dahergelaufenen Ty...«
»Das ging ja nicht gegen euch«, verteidigte sich Myrna. »Warum fragt ihr denn nach ihr?«
»Wir haben mit ihr in zwei Welten gespielt und würden sie gern wiedertreffen.«
Ein breites Grinsen erhellte Myrnas Gesicht, als würde die

Sonne aufgehen. »Aha, ein Mädchen in eurem Alter. Das erklärt alles. Wie war doch der Name? Vielleicht kann ich euch ja einen dezenten Hinweis geben.«

Einen Augenblick erwogen die drei ???, den Irrtum aufzuklären, doch sie entschieden sich dagegen. Sollte Myrna doch glauben, was sie wollte. »Erinya Yantigyna.«

Myrna tippte auf ihrem Laptop. »Ehrlich gesagt, glaube ich nicht, dass … ach, ja, wie ich es mir dachte. An einen so ausgefallenen Namen hätte ich mich erinnert. Ich habe keine Ms Yantigyna verzeichnet.«

»Sicher?«, wollte Justus wissen. »Es schreibt sich vorne mit Y, dann …« Er buchstabierte. Myrna ließ es geduldig über sich ergehen, um erneut zu bestätigen, dass niemand mit diesem Namen als Teilnehmerin gemeldet war. »Wobei ich natürlich nur die Namen der Vorbesteller kenne. Wer einfach an die Tageskasse kommt, kauft ein Ticket, ohne seine Daten zu hinterlassen.«

»Verstehe«, sagte Bob. »Aber wissen Sie vielleicht etwas über einen Sangeswettstreit in der Mittelalterwelt?«

»In dem Fall kann ich euch helfen! Moment.« Sie schaute auf die Uhr. »Er beginnt in einer halben Stunde. Wenn ihr noch teilnehmen wollt, müsst ihr euch beeilen! Er beschließt das Mittelalterprogramm für heute. Ich wünsch euch viel Glück, ihr drei! Beim Wettstreit ebenso wie bei der Suche nach der schönen Erinya …«

Nun auf zu Seite 99. Die Zeit drängt!

Du bist von Seite 19 hierhergelangt.

Die drei ??? schwiegen nach Peters Worten. Es war der Zweite Detektiv selbst, der das Schweigen brach. »Moment mal! Du hast recht, Justus! Wir haben doch alle Hilfe, die wir brauchen. Ich weiß, wie wir die Bombe entschärfen können.«
»Und wie? Weil dein Schatz ein Kohlenheizer ist, ja?«, fragte Bob skeptisch.
»Los, kommt mit!« Peter flitzte los.
Seine Freunde folgten ihm. »Was hast du vor?«
»Wir müssen in den Schlepptender und die Bombe suchen. Wir haben schon genug Zeit verloren. Schließlich können wir sie nur entschärfen, wenn wir sie gefunden haben!«
»Aber …« Weiter kam Bob nicht.
Peter stand schon am Tender. »Ist irgendwie mein Klettertag heute.« Er stieg auf eins der Räder, stemmte sich in die Höhe, packte den oberen Rand des Tenders und zog sich mit einem Klimmzug in die Höhe. Bald stand er auf dem Dach und half seinen Freunden hoch. Die Luke zum Einfüllen der Kohle ließ sich problemlos öffnen. So schauten die drei ??? zum einen auf den Wassertank, zum anderen auf einen schwarzen Haufen Kohle.
Peter sprang als Erster hinab in den Kohlekasten. Als er landete, stob eine schwarze Wolke auf. »Warum haben die in einer Lok, die gar nicht fahren kann, überhaupt einen Kohlevorrat?«, fragte Bob, während er neben Peter landete. Justus folgte hustend.
»Das Spiel soll möglichst echt sein«, erklärte der Zweite Detektiv. »Als ich zur Dampfpfeife geklettert bin, habe ich einen Spieler namens Charles Norton getroffen. Er war als Heizer verkleidet. Je mehr Details stimmen, desto mehr Rollen kön-

nen verteilt werden!« Während dieser Worte schob er mit beiden Händen Kohlebrocken beiseite. Bald war jeder Zentimeter an ihm völlig schwarz.

Die Tür zum Durchgang zur Feuerbüchse hin öffnete sich und ausgerechnet Charles Norton schaute hindurch. »Was tut ihr hier? He, junger Schaffner, warst du vorhin nicht …«

»Realität!«, sagte Peter barsch, um klarzumachen, dass es um etwas Wichtiges außerhalb des Spiels ging. »Ja, das war ich, der zur Dampfpfeife geklettert ist! Und jetzt gehen Sie, bitte, wir haben im Auftrag von Mr Train etwas Wichtiges zu tun. Er ist einer der Veranstalter des Camps. Wollen Sie unsere VIP-Ausweise sehen?«

»Nicht nötig«, sagte der Bärtige eingeschnappt und ließ die Tür wieder zukrachen.

Sie schoben weiter Kohlemassen zur Seite. Krümel setzten sich unter den Fingernägeln ab.

»Bis wir die Bombe finden, kann es noch Stunden dauern!«, ächzte Bob.

»Halt, Kollegen«, befahl Justus. »Seid mal still! Wenn es einen Zeitzünder gibt, können wir ihn vielleicht hören!«

Keiner bewegte sich mehr. Und tatsächlich, da war es: ein Tackern wie von einem alten mechanischen Wecker, der klackend Sekunde um Sekunde vorwärtssprang.

Es kam von der Ecke rechts neben dem Durchgang zur Feuerbüchse. Justus war als Erster dort und entdeckte einen grauen Kasten von der Größe eines leicht überdimensionalen Buches. Das musste die Bombe sein! Sie stand scheinbar harmlos halb unter Kohlestücken verborgen.

Der Erste Detektiv öffnete den Deckel. Es gab darin einen

weiteren Kasten, diesmal aus Metall. Ein Zählwerk lief rückwärts, stand auf 143 und klackte soeben auf 142 zurück.
»Lass mich«, forderte Peter. »Seht ihr die Kabel? Ein gelbes, ein schwarzes! Das dachte ich mir, dass das so aussieht. Es ist wie im Film ... wenn die Helden die Bombe entschärfen müssen und nicht wissen, welches Kabel sie durchtrennen müssen, um die Zeituhr zu stoppen. Das falsche Kabel wird die Explosion auslösen, das richtige die Bombe entschärfen!«
»Genau das ist das Problem«, sagte Bob mit schriller Stimme. »Woher willst du wissen, was das richtige Kabel ist?«
»Woher ich das weiß?«, fragte der Zweite Detektiv. »Na, ist doch ganz klar!«
Mit diesen Worten packte er eines der Kabel und zog es heraus!

Fragt sich nur, welches Kabel Peter ziehen soll! Das schwarze Kabel zieht er auf Seite 72, das gelbe Kabel auf Seite 25.

Du bist von Seite 94 oder 121 hierhergelangt.

Sie stiegen alle vier gleichzeitig aus den Autos. Ihr Auftraggeber deutete vom Parkplatz aus in Richtung des LARP-Camps, das tatsächlich wie ein Wanderzirkus wirkte, genau wie Mr Train behauptet hatte. Wie ein extrem großer Wanderzirkus allerdings. So gab es nicht ein einzelnes Manegenzelt, sondern gleich drei oder noch mehr; das konnte man vom Parkplatz aus nicht genau sehen. Die gelben Zeltbahnen glänzten in der Sonne, als leuchteten sie selbst.

»Das Gelände ist noch größer, als es von hier aus wirkt«, erklärte Mr Train. »Ein Bauzaun umgibt es komplett, von der Steilküste abgesehen, die eine natürliche Grenze des Geländes bildet. Es gibt vier Zelte, die jeweils eine Spielwelt beherbergen. Andere Szenarien werden im Freien gespielt, die Horrorwelt in den Höhlen.«

»Wie kamen Sie auf die Idee mit den Höhlen?«, fragte Bob.

»Das hat sich so ergeben, als wir das Gelände begutachteten. Wir wollten so nah wie möglich an Rocky Beach bleiben, mussten aber wegen der Größe bis hierher.«

»Selbstverständlich«, sagte Justus, »gibt es hier an der Küste natürliche Höhlenkomplexe in den Steilhängen. Die meisten sind gut erforscht, soweit ich weiß.«

»Untertreib doch nicht, Justus«, forderte Peter. »Du weißt das bestimmt ganz genau.«

Der Erste Detektiv grinste. »In der Tat, Zweiter. Heimatkunde ist eines der großen Hobbys, an denen ich mich delektiere, und ich lese generell viel. Wissen aller Art ist eine unentbehrliche Stütze für Detektive.«

Mr Train schaute verwundert über Justus' eigentümliche Sprechweise. »Nicht nur für Detektive. Auch wenn man ein

LARP-Camp plant. Die Höhlen in diesem Bereich sind frei zugänglich und bieten eine perfekte natürliche Kulisse für ein gruseliges Rollenspiel. Vampire, Trolle und Monster aller Art, die sich in den düsteren Höhlen herumtreiben ... das hat sich wirklich angeboten!«

Gemeinsam liefen sie auf ein Häuschen zu, das zwischen dem Parkplatz und dem ersten Zelt stand – und mit zwei großen Toren die einzige offene Stelle im Zaun außer den Notausgängen und den einzigen öffentlichen Zugang zum Camp bildete, wie Mr Train betonte. »Können Sie uns bitte genau sagen, wie das Camp organisiert ist?«, fragte Peter.

»Es gibt zehn Spielwelten«, erklärte ihr Auftraggeber. »Jeweils spielen im Schnitt fünfzig Leute mit, bei manchen Welten mehr, bei manchen weniger. Gespielt wird jeweils am Wochenende. Die erste Runde startet morgen.«

»Also 500 Leute jedes Wochenende«, rechnete Bob.

»Richtig. Und das ein halbes Jahr lang. Genau 25 Wochen. Macht insgesamt 12.500 Spieler beim voll ausverkauften Camp. Das Wochenendticket kostet 150 Dollar.«

Der Zweite Detektiv pfiff vernehmlich. »Was heißt, dass Sie im Idealfall über eine Million Dollar einnehmen!«

»Fast zwei Millionen«, verbesserte Justus.

Mr Train winkte ab. »Erstens nehme nicht *ich* die ein, sondern wir alle als Veranstalter. Wir sind eine Gruppe von acht Leuten. Und zweitens ist der Gewinn natürlich viel geringer. Das alles hier kostet einen Batzen, kann ich euch flüstern. Ganz zu schweigen vom notwendigen Personal und den steuerlichen Abgaben. Aber ja ... wenn alles gut läuft, haben wir einen schönen Gewinn.«

»Darauf will ich gar nicht hinaus«, stellte Justus klar. »Das gönne ich Ihnen von Herzen, und es kostet ja eine Menge Arbeit. Aber mir ist soeben etwas zum ersten Mal klar geworden! Es ist eine große Summe Geld im Spiel, und das wäre ein gutes Motiv für ein Verbrechen, auch wenn bislang noch keine konkreten Forderungen gestellt wurden.«

»Es gab sehr wohl eine Forderung«, warf Bob ein. »Nämlich, dass wir zur Eisenbahnwelt kommen ... also dorthin, wo Mr Train zu Hause ist.«

Ein paar Meter von dem Häuschen entfernt blieb ihr Auftraggeber stehen. »Ich habe euch ja gesagt, dass die ersten Wochenenden ausverkauft sind. Dort vorne ist der Eingang, im Häuschen können die vorbestellten Tickets abgeholt werden. Das heißt, ab morgen Vormittag wird hier jede Menge los sein, deshalb ist es auch jetzt schon besetzt. Wer sich heute das Ticket holt, kommt morgen ohne Schlangestehen ins Camp. Ich sorge dafür, dass ihr als Ehrengäste teilnehmen könnt. Und natürlich müsst ihr als meine persönlichen Gäste nicht bezahlen.«

Im Kassenhäuschen saß eine junge Frau, deren Kopf eine Flut roter Haare umwogte. Sie blätterte erst gelangweilt in einem Magazin und setzte dann spontan ein strahlendes Lächeln auf, als sie ihre Gäste sah. »Oh, Mr Train«, sagte sie. »Schön, Sie zu sehen.«

»Danke, Myrna«, erwiderte er. »Wie laufen die Verkäufe?«

»Die Abholer tröpfeln nur. Wahrscheinlich wird's am Abend mehr. Wie geht es Ihnen? Alles klar?«

Mr Trains Mundwinkel zuckten. »Ja«, log er dann. »Ich habe hier drei Freunde, für die ich Freitickets brauche.«

»Geht klar.« Myrna rollte mit ihrem Stuhl zur Seite, bis sie auf die Tastatur eines Laptops tippen konnte. Sekunden später ratterte ein Drucker und spuckte drei Seiten aus. Die händigte sie den drei ??? aus. »Tragt diese Tickets immer bei euch, okay? Es sind VIP-Ausweise für Ehrengäste. Damit kommt ihr sogar hinter die Kulissen. Aber ich denke, ihr wollt vor allem spielen, oder?«

»Genau!«, behauptete Peter.

»Na, dann viel Spaß, wenn ihr euch heute schon mal in den Spielbereichen umschauen wollt.«

Wenig später betraten sie zu viert das Gelände des Camps. »Es ist alles bestens organisiert«, sagte Mr Train. »Hier zum Beispiel ist die medizinische Notfallstation des Camps. Während der Öffnungszeiten ist immer ein Arzt anwesend.«

Die drei ??? gaben dessen Rufnummer in ihre Handys ein – man konnte während gefährlicher Ermittlungen nie wissen, was einen erwartete.

»Nun auf zum Eisenbahnspielbereich!«, drängte Justus. »Wir müssen möglichst schnell herausfinden, was die Entführer dort von uns wollen.«

Mr Train führte sie am ersten Zelt vorüber. Weil ein Eingang offen stand, konnten die drei ??? einen raschen Blick hineinwerfen. Sie sahen eine Rakete und riesige Kulissen, die aussahen, als würden sie direkt auf einen fremden Planeten schauen. »Die Science-Fiction-Welt«, erklärte Mr Train. »Vielleicht kommt ihr dort ja auch noch hin.« Er eilte weiter.

Die Eisenbahnwelt lag im Freien – und sie umfasste ein Gelände, auf dem ein ganzes Sportstadion Platz gehabt hätte. Schienen liefen quer hindurch und ein wunderschöner alter

Zug stand darauf. Die Frage war nur, wie die Veranstalter ihn vor Ort geschafft hatten. »Dieser Zug ist niemals gefahren«, erklärte Mr Train. »Auch wenn es so aussieht. Die Lokomotive kann eine Menge Dampf erzeugen, sonst nichts. Die vier Wagen dahinter sind begehbare Attrappen. Wir haben sie mit Lkws hierhergebracht. Sie gehören einem Filmstudio. Dort kann man die verrücktesten Sachen mieten, wenn man tief genug in die Tasche greift.«

Nun wunderten sich die drei ??? nicht mehr über den hohen Preis der Tickets für ein solches Rollenspielwochenende.

Justus fiel zuerst auf, dass an der Lokomotive ein großer Zettel hing, direkt an der fußballgroßen Kupplung aus Metall ganz vorne. Er rannte los und traute seinen Augen nicht, als er las, was dort stand: *Hier ist eure erste Aufgabe, wenn ihr Mrs Train wiedersehen wollt: Morgen geht's los, und ab dann tickt hier eine Bombe. Findet sie, entschärft sie … das Spiel beginnt eine Stunde nach der Eröffnung. Keine Polizei, klar?*

Die drei ??? verbringen nun eine nicht allzu ruhige Nacht, ehe du mit ihnen auf Seite 105 die erste Runde in der Eisenbahnwelt spielst! Es hängt von deinen Entscheidungen ab, ob die drei ??? bestehen!

Du bist von Seite 124 hierhergelangt.

Zeit für lange Diskussionen blieb nicht. Also beschlossen die drei ???, keinen Vorteil ohne Not aufzugeben und Erinya Yantigyna heimlich zu verfolgen. Genauer gesagt, konnten das nur Peter und Bob – denn Justus als Vampirjäger war ja in der Höhle nicht erwünscht. Der Erste Detektiv versprach, sich etwas zu überlegen und ihnen so bald wie möglich zu folgen.
Die als Vampirin verkleidete Rollenspielerin war bereits in der Höhle verschwunden.
Peter und Bob folgten. Sie hielten Ausschau nach Erinya, konnten sie aber nicht entdecken. Doch! Das musste sie sein, die da gerade in einen der Höhlengänge eintrat, aus denen das Licht der künstlichen Fackeln unheimlich flackerte.
Sie durften ihr nicht gezielt folgen, das wäre zu auffällig. Also hielten sie den nötigen Abstand. Als der Gang sich in eine kleine Kaverne weitete, blieb Mrs Yantigyna stehen. Sie begann ein Gespräch mit einem männlichen Spieler, der aussah wie Frankensteins Monster, mit aufgemalten Narben und kleinen Bolzen rechts und links an den Schläfen.
Die beiden Freunde waren zu weit entfernt, um etwas verstehen zu können. »Peter, du hast doch den Peilsender eingesteckt«, sagte Bob. »Der kommt jetzt zum Einsatz.«
Wortlos reichte ihm der Zweite Detektiv das kleine Gerät. Der Sender war gerade mal so groß wie sein Fingernagel. Bob nahm ihn entgegen und ließ die Hand wieder unter der Gespensterkutte verschwinden. Er zog sich die weiße Stoffkapuze weit übers Gesicht und eilte vor. Ein wenig bekam er Angst vor der eigenen Courage, aber er sagte sich, dass er nur eine gute Show hinlegen musste. Immerhin lief hier ein riesiges Rollenspiel.

Als Geist huschte er leichtfüßig zu der Erinya-Vampirin und dem Frankenstein-Monster. *Auf, Bob,* sagte er sich selbst. *Nur keine Hemmungen!*
Er begann seinen Auftritt mit einem hämischen Kichern. Fast hätte er husten müssen. Dabei umrundete er die beiden Rollenspieler und wedelte unter dem Umhang mit den Armen.
»Was willst du?«, grollte das Monster.
Der dritte Detektiv entschloss sich, möglichst wenig zu reden. Je mehr er sagte, umso größer war die Gefahr, dass Mrs Yantigyna seine Stimme erkannte, egal, wie sehr er sie verstellte. »P-olll-t-errr-r-g-e-isss-s-t«, flüsterte er deshalb nur und ließ wieder ein irres Kichern folgen. Er hüpfte wie ein Springteufel, rempelte mal gegen die Wand, mal gegen die Monstergestalt – und gegen Erinya! In diesem Moment ließ er den Peilsender in einer Tasche ihres Vampirgewands verschwinden. Er lachte hässlich, wie ein Schurke in einem drittklassigen Film, der glaubt, seine Pläne zur Weltherrschaft würden aufgehen. Danach huschte er noch ein letztes Mal um die beiden Gestalten, ehe er sich mit hämmerndem Herzschlag zurückzog.
»Geh die Sterblichen erschrecken, Geißel der Nacht!«, rief Erinya Yantigyna ihm hinterher.
Das zu hören erleichterte Bob sehr, hieß es doch, dass sie seinen Auftritt als Teil des Rollenspiels geschluckt hatte.
In ausreichender Entfernung empfing Peter ihn breit grinsend. »Super Auftritt, Kollege!« Der Zweite Detektiv hielt bereits das Empfangsteil des Peilsenders in der Hand. Auf dem kleinen Display blinkte ein Punkt und gab den genauen Ort an, an dem sich der Sender befand.

So konnten die beiden Freunde in aller Ruhe abwarten, bis sich die vorgebliche Vampirin entfernte, und ihr in sicherem Abstand folgen. Den Kontakt zu ihr würden sie nicht verlieren, solange sie den Sender nicht entdeckte. Das Versteck in der Tasche des Umhangs war zugegebenermaßen nicht gerade brillant.

Das Gerät übertrug auch Töne. Peter hatte einen kleinen Kopfhörer eingesteckt, damit niemand sonst mithören konnte. Diesen steckte er sich ins Ohr.

»Genug nun, Meister Frankenstein«, sagte die angebliche Vampirin gerade. »Ich muss weitereilen, den Jäger zu verfolgen, der sich in unsere Höhle eingeschlichen hat.«

Das Monster antwortete nur mit einem Grunzen.

Das mochte ja lustig sein, doch Peter hoffte, dass sie nicht nur irgendwelche Rollenspieldialoge belauschen würden.

Noch ehe sich Erinya Yantigyna allerdings in Bewegung setzte, tauchte jemand bei Peter und Bob auf. Eine bucklige Gestalt schlurfte näher und zog das rechte Bein nach. Sie hatte einen zerrissenen Anzug an und stieß hin und wieder ein dumpfes Ächzen aus.

Am Stoff erkannten die beiden Freunde schließlich, wer sich da näherte. Das war Justus! Er hatte seinen Holzpfahl draußen zurückgelassen, sich hässlich geschminkt, als hätte er blutige Striemen im Gesicht, die Haare verstrubbelt und die Kleider zerrissen.

»Meine Tarnung als Untoter ist exzellent, oder?«, fragte der Erste Detektiv mit einem schiefen Grinsen.

»Zum Fürchten«, gab Peter zu. Er erklärte Justus, dass sie Mrs Yantigyna mit dem Peilsender verfolgen konnten. Bald darauf

bewegte sich der Punkt blinkend weiter, tiefer in das Höhlensystem hinein.
Die drei ??? folgten in ausreichendem Abstand. Peter lauschte in den Kopfhörer, doch außer den hallenden Schrittgeräuschen übertrug das Gerät nichts. Das war auch kaum zu erwarten, solange sich die Verfolgte allein durch die Gänge bewegte. In solchen Situationen verrieten Schurken ihre jeweiligen Pläne nur in schlechten Comics.
Doch bald ertönte der Schrei eines Mannes – und das Gerangel eines Kampfes!
»Leute«, sagte Peter, »die greift jemanden an! Wir müssen sofort etwas tun!«

Und jetzt? Auf Seite 51 eilen die drei ??? schnellstmöglich zum Ort des Geschehens.
Auf Seite 11 hingegen nähern sie sich vorsichtig, um die Situation erst einmal zu beobachten.

»Ich weiß nicht«, meinte Bob. »Eigentlich glaube ich ja fast gar nicht, dass es eine echte …«
»Du *glaubst*?«, rief Peter. »Das ist zu gefährlich, als dass wir uns auf irgendwelche Vermutungen verlassen können!«
Justus zögerte. »Du hast recht«, sagte er schließlich. »Ehe es zu einer Katastrophe kommt, müssen wir Hilfe holen.«
Die drei ??? zogen sich unauffällig an den Rand des Camps zurück. Bob zog sein Handy und tippte die Kurzwahl, die ihn mit Inspektor Cotta von der Polizeidirektion Rocky Beach verband. Es klingelte dreimal, ehe sich eine mürrische Stimme meldete: »Cotta, Polizei Rocky B…«
»Sir, hier ist Bob Andrews von den drei ???!«
»Bob, was willst du?«
»Wir brauchen Hilfe.«
»Das ist ja was ganz Neues«, meinte Cotta trocken. »Sonst muss ich mich immer mit eurer ›Hilfe‹ herumschlagen.«
»Wir sind auf dem LARP-Camp an der Steilküste vor …«
»Von dem habe ich gehört«, sagte der Inspektor.
Bob atmete tief durch. »Auf dem Gelände ist eine Bombe versteckt und wir wissen, wo!«
Eine Sekunde herrschte Stille, dann: »Bist du sicher?«
»Absolut.«
»Ihr bleibt, wo ihr seid. Oder nein, bringt euch in Sicherheit. Ich bin sofort da und ich informiere Spezialisten! Dir ist klar, wenn das ein Scherz ist …«
»Ist es nicht!«
»Wir sind in ein paar Minuten dort!« Cotta legte auf.
Die drei ??? überlegten nervös, wie sie möglichst viele Leute in möglichst große Entfernung von der Lok und damit von der

Du bist von Seite 19 hierhergelangt.

Bombe bringen konnten. Sie nutzten schließlich ihre Autorität als Schaffner. »Bitte alle den Zug verlassen, er muss komplett untersucht werden!«, behauptete Justus. »Es gibt einen technischen Fehler und es besteht Brandgefahr!«
Nach wenigen Minuten hörten sie zwei Dinge, die so gar nicht zum historischen Ambiente passen wollten: das Heulen einer Sirene und das Knattern eines Hubschraubers. Bald stürmte nicht nur Inspektor Cotta samt zwei weiteren Polizisten heran, sondern auch ein Spezialkommando aus Sprengstoffspezialisten.
Mit großer Mühe konnte eine Panik verhindert werden, während die Polizisten erst die Zugwelt und dann das gesamte Camp evakuierten. Auch die drei ??? mussten das Gelände verlassen. Sie gehörten aber zu den Ersten, die erfuhren, dass die Bombe eine Attrappe gewesen war. Immerhin kam an diesem Tag niemand zu Schaden.

Von den Entführern jedoch hörten die drei ??? nach dieser Aktion nie wieder etwas. Mrs Train wurde zwar seltsamerweise kurz darauf ohne weitere Forderungen freigelassen. Und das »dramatische« Bombenmanöver im Camp wurde in vielen Zeitungs- und sogar Fernsehberichten erwähnt. LARP-Spieler aus dem ganzen Land strömten herbei und die Spielrunden waren über Monate hinweg ausverkauft. Die offenen Rätsel blieben allerdings ungelöst – ein unerträglicher Zustand für Justus, Peter und Bob. Für dich auch? Dann geh zurück zu Seite 19 und versuche es noch mal.

Du bist von Seite 45 hierhergelangt.

Peter hielt das Empfangsteil in der Hand und rannte los. Seine beiden Freunde folgten ihm. Durch den Kopfhörer hörte der Zweite Detektiv erneut dumpfe Schreie. Etwas donnerte, als wäre ein großer Stein von der Decke gekracht.
»Schnell!«, rief Peter.
Die drei ??? hetzten vorwärts, so schnell es der enge Gang zuließ. Der verzweigte sich schließlich vor ihnen. Dem Peilsender nach mussten sie den Weg nach rechts nehmen. Peter erschauerte, als er erkannte, dass die glänzende Flüssigkeit auf dem Boden … Blut sein musste! Hoffentlich war es nur rote Dekofarbe.
Nach wenigen Metern weitete sich der Gang zu einer kleinen Höhle. Vier Menschen hielten sich dort auf – oder besser vier Monster. Nur war das, was die drei ??? da sahen, kein Spaß! Zwei Männer lagen reglos am Boden. Eine Frau rang mit Erinya, die die Unbekannte gerade an den Haaren riss. Diese versuchte, sich dem Griff zu entwinden, und trat nach der Vampirin. Ihr Schrei gellte durch die Höhle und in den Gang: »Hilfe!«
Justus, Peter und Bob stürzten hinzu. In Erinyas Händen blitzte etwas auf. Ein Messer?! Den drei ??? blieb fast das Herz stehen. »Halt!«, schrie Justus.

Und jetzt? Auf Seite 26 greifen die ??? handfest ein, um die Unbekannte zu retten. Auf Seite 134 versuchen sie, Zeit zu gewinnen und erst mal mit Erinya zu reden.

Du bist von Seite 111 hierhergelangt.

Peter hastete hinterher. »Wir haben Beweise«, log er. »Ein Foto, das genau zeigt, wie Sie …«
Weiter kam er nicht. Der andere griff an!
Peter sah eine Faust auf sich zurasen und konnte sich gerade noch zur Seite werfen, sodass sie ihn nur an der Schulter erwischte statt am Kinn. Dennoch tat es verflixt weh. Schon setzte der Mönch nach, doch Peter drehte den Spieß um!
Diesmal konnte der Zweite Detektiv dem Schlag ganz ausweichen und gleichzeitig die Kutte seines Gegners packen, wo sie sich zwischen dem ausgestreckten Arm und dem Körper spannte. Der Zweite Detektiv riss daran, und der andere wurde um die eigene Achse gewirbelt. Peter streckte das Bein aus und gab seinem Gegner einen Stoß in den Rücken.
Der Mönch taumelte vorwärts, fiel über Peters Bein und landete wenig elegant auf dem Bauch. Noch ehe er sich drehen und wieder aufstehen konnte, drückte Peter ihm das rechte Knie in den Rücken und packte die Arme seines Gegners.
Die Kutte, die den Schurken vorhin noch so trefflich verborgen hatte, erwies sich nun als äußerst unpraktisch für ihn, weil sie seine Bewegungsfreiheit sehr einschränkte.
»Und nun will ich ein paar Antworten!«, forderte Peter. Es gefiel ihm zwar gar nicht, so rabiat vorzugehen, aber er war nicht derjenige, der zuerst angegriffen hatte.
»Ich sage nichts!«, stieß der angebliche Mönch hervor.
»So?«, fragte Peter gelassen. »Mal sehen, was die Polizei davon hält! Ich gebe dir fünf Sekunden, dann rufe ich um Hilfe! Es sind genug Leute in der Nähe, die das hören und nicht für einen Teil des Rollenspiels halten werden, verlass dich drauf.«
Sein Gegner wand sich und versuchte, sich aus dem Griff zu

befreien. Dabei rutschte ihm etwas aus der Tasche der Kutte, das Peter unschwer als ein Bündel Banknoten erkannte. Die Gedanken des Zweiten Detektivs überschlugen sich und er hielt sich an die Idee, die ihm am wahrscheinlichsten erschien.
»Wie viel hast du dafür bekommen, diesen Giftanschlag auszuführen? Und wer hat dich bezahlt?«
»Woher weißt du das alles?« Der andere fluchte. »Ich habe keine Ahnung, wer das war! Irgendeine Frau. Sie hat mir das Geld gegeben und den Typen gezeigt, den ich ausschalten sollte. Mehr weiß ich nicht. Das Gift ist nicht wirklich schlimm. Hat keine Nachwirkungen. Es setzt einen nur kurzzeitig mit heftigen Magen-Darm-Krämpfen außer Gefecht. Das hat die Frau jedenfalls gesagt.«
»Eine Frau?«, hakte Peter nach. »Es war ganz sicher kein Mann?«
»Hey, ich werd doch ’ne Tussi erkennen, wenn sie vor mir steht! Jetzt lass mich los, verdammt, das war doch nur …«
»Spaß oder was?«, sagte Peter verärgert. »Das sehe ich ganz anders!« Er setzte seine Drohung von vorhin in die Tat um und rief um Hilfe. So rasch er seinen Gegner auch überwältigt hatte, er wusste nicht, wie lange er ihn noch festhalten konnte. Ohnehin hatte er offenbar das Glück, es nicht mit einem besonders geübten Kämpfer zu tun zu haben.
»Hey, du hast gesagt, dass …«, setzte der Mönch an.
»Nichts hab ich gesagt!«, unterbrach Peter ihn barsch.
Zwei Männer aus der Horrorwelt eilten herbei und waren nicht wenig verblüfft über das, was sie zu sehen bekamen. Sie stellten sich als Joe Randy und Harold Young vor. Der Zweite Detektiv erklärte ihnen mit knappen Worten, was geschehen

war. Harold zückte sofort sein Handy und rief die Campaufsicht.
Daraufhin startete der Mönch einen Befreiungsversuch und warf den überraschten Peter ab. Er rollte sich zur Seite, sprang auf die Füße und flitzte los. Doch Joe Randy hatte offenbar weit weniger Hemmungen als Peter kurz zuvor. Er schlug den Schurken kurzerhand k. o.
Zu dritt warteten sie, bis die Campaufsicht eintraf. Dabei schwirrte es Peter unablässig durch den Kopf, wer den Mönch beauftragt haben könnte. War es Mrs Yantigyna gewesen?
Endlich trafen zwei Männer ein. »Na, das ist ja eine Geschichte!«, sagte einer der beiden. »Danke, dass ihr den Kerl enttarnt habt. Den nehmen wir jetzt erst mal mit und gehen der Sache auf den Grund!«
Peter gab den Ordnern noch seine Handynummer für Rückfragen und eilte dann zurück zum Sangeswettstreit.

Weiter auf Seite 79.

Der Mönch nahm den leeren Krug zurück, wandte sich ab und ging weg. Niemandem außer Justus und Peter fiel dieses seltsame Verhalten auf, da alle vollauf damit beschäftigt waren, den Prinzen mit Buhrufen niederzumachen und seiner Sangesgegnerin, einer einfachen, aber sehr hübschen Magd, frenetisch zuzujubeln.

»Ich bleibe hier und beobachte den Mann, der getrunken hat«, zischte Justus seinem Freund zu. »Wenn er irgendein Symptom zeigt, rufe ich sofort Hilfe.«

Der Zweite Detektiv nickte. »Ich verfolge den Mönch!« Der hatte sich bereits etliche Meter entfernt, doch Peter konnte leicht aufholen. Als sich der Mönch dem gegenüberliegenden Rand des Mittelalterspielgebiets näherte, nahm abseits der Lagerfeuer die Dunkelheit allerdings so zu, dass Peter aufpassen musste, den anderen nicht aus den Augen zu verlieren. Ein Schrei gellte vom Lagerfeuer herüber, gefolgt vom Lärm eines Tumults und vielen Stimmen, die durcheinanderredeten. Das war der Beweis! Damit stand so gut wie fest, dass der Mönch tatsächlich einen der Teilnehmer mit dem Krug vergiftet hatte. Peter musste sich ihn schnappen! Jetzt oder nie, solange sich der andere noch in Sicherheit wiegte.

Er rannte los, packte den Mönch und zog ihm die Kutte vom Kopf!

Was Justus gerade am Lagerfeuer erlebt, erfährst du auf Seite 102. Weiter mit Peters Erlebnissen geht es auf Seite 111.

Du bist von Seite 75 hierhergelangt.

Du bist von Seite 124 hierhergelangt.

Zeit für lange Diskussionen blieb nicht. Die drei ??? entschieden sich rasch dafür, Erinya Yantigyna anzusprechen. Zu dritt eilten sie zum Höhleneingang, doch sie kamen zu spät – die Rollenspielerin war bereits im Innern verschwunden.

»Damit wir nicht noch mal auffallen, bleibst du draußen, Justus!«, sagte Bob. Gemeinsam mit Peter betrat er die Höhle. Sie hielten Ausschau nach Erinya, konnten sie im fahlen Licht jedoch nicht entdecken. Doch! Gerade trat eine Frau in einen der Höhlengänge, aus denen das Licht der künstlichen Fackeln unheimlich flackerte. Das musste sie sein!

Die beiden Freunde nahmen die Verfolgung auf, doch sie kamen nicht rasch weiter, weil sich auch noch einige andere Spieler durch die schmalen Gänge drückten, offenbar ganz und gar nicht in Eile.

»Das Höhlensystem ist wirklich perfekt für diese Gruselshow«, flüsterte Bob genervt.

Peter verdrehte die Augen. »Als ob wir bei unseren Fällen nicht genug mit irgendwelchen Ungeheuern zu tun hätten!«

»Die aber niemals echt sind, sondern von irgendwelchen Verbrechern aus tausenderlei Gründen fingiert werden.«

»Aus tausenderlei Gründen fingiert?« Der Zweite Detektiv seufzte. »Du klingst ja schon wie Justus. Mir macht das hier übrigens trotzdem keinen Spaß.«

»Wir sind ja auch nicht zum Vergnügen hier!«

Der Gang wurde jetzt noch enger, sie mussten hintereinander gehen. Wasser tropfte von der Decke. Ein Tropfen platschte Peter in den Nacken. Dann sahen sie ihre flüchtige Bekannte, die stehen geblieben war, als der Gang sich zu einer weiteren kleinen Höhle öffnete.

»He!«, sprach Bob sie an.
Erinya Yantigyna drehte sich um. Sie erhob beide Arme abwehrend, doch als sie Bob und Peter sah, entspannte sie sich. »Was schleicht ihr euch an, Brüder der Dunkelheit? Ich fürchtete, ein Jäger griffe mich an!«
Bob wunderte sich nur kurz. Natürlich blieb Erinya im Rollenspiel. »Sorry, aber wir müssen kurz mit Ihnen sprechen. In der Realität.«
Die Augenbrauen in dem blass geschminkten Gesicht zogen sich zusammen. »Warum das denn?«
»Was machen Sie hier?«
Diese Frage besänftigte ihren Ärger nicht gerade. »Ich bin auf der Jagd! Was dagegen?«
»Nein, nicht im Spiel. In der Wirklichkeit!«, erklärte Bob. »Vorhin waren Sie doch in der Eisenbahnwelt, genau wie wir, und …«
»Wovon redest du? Ich bin seit Eröffnung des Camps hier und habe eine vielversprechende Spur zu einem Monsterjäger, also stört mich nicht dabei!«
»Aber Mrs Yantigyna, wir haben doch miteinander geputzt und uns …«
Wieder ließ die vorgebliche Vampirin den dritten Detektiv nicht ausreden. »Jetzt verstehe ich. Ihr verwechselt mich. Mantü… wie war das? Ich habe diesen Namen noch nie gehört.« Sie räusperte sich. »Also, wie auch immer. Eine Verwechslung.« Sie wandte sich ab.
Bob und Peter tauschten einen kurzen Blick. Sie mussten kein Wort miteinander wechseln. Sie wussten beide, dass diese Frau sie belog! Diese *Vampirin* trug zwar eine Perücke aus feinen,

weißblonden Haaren. Sie hatte sich sogar rote Kontaktlinsen eingelegt, was ihrem Blick etwas Unheimlich-Monsterhaftes gab. Aber das war eindeutig Erinya Yantigyna, die sie in der Eisenbahnwelt kennengelernt hatten. Was verbarg sie, dass sie sich auf so billige Art und Weise rausreden wollte? Mehr denn je waren die beiden ?? überzeugt, dass das kein Zufall sein konnte.

»Peilsender«, flüsterte Peter seinem Freund ins Ohr und zog das Gerät aus der Tasche seines Vampirumhangs. Das Sendeteil war gerade mal so groß wie der Nagel seines kleinen Fingers. Er musste es irgendwie bei der Frau verstecken, die von sich behauptete, eben nicht Erinya Yantigyna zu sein. Weil sie sicher nicht sonderlich begeistert wäre, wenn er sie schon wieder aus der Fiktion des Spiels herausholen würde, beschloss er, in seiner Rolle als Vampir aufzutreten. Der Zweite Detektiv trat nah an sie heran. »Dann entschuldigt unsere Aufdringlichkeit, meine blutleere Schwester«, sagte er, ganz Peter, der Vampir. »Und reden wir vom Geschäft.«

»Habt Ihr ebenfalls eine Spur, Genosse der Nacht?«, fragte sie. Auf das Spiel ging sie bereitwillig ein.

Peter verkniff sich ein Grinsen. Ihm kam das alles schon wieder ziemlich albern vor. »Der Monsterjäger, den Ihr sucht, ist nicht allein unterwegs«, improvisierte er. »Sie sind zu zweit in unser Reich vorgedrungen, Ihr müsst Euch in Acht nehmen.« Unwillkürlich übernahm er die altertümliche Redeweise.

»Was wisst Ihr?«, fragte sie begierig. »Ich weiß, Ihr seid kein einfacher Diener, sondern ein Fürst!« Sie beugte sich zu ihm, als wollte sie ihn küssen.

Im Hintergrund prustete Bob leise. »Ich kann Euch nur er-

neut warnen«, sagte Peter hastig. »Mich selbst treiben eilige Geschäfte fort zu … äh, zu Fürst Alucard.«
Sie sprang auf diesen albernen Namen – Dracula rückwärts gelesen – sofort an. »Ihr seid mit Alucard bekannt?«
Peter fragte sich verzweifelt, in was er sich da gerade hineinritt. Ihm stand der Sinn absolut nicht danach, dieses alberne Rollenspiel weiterzuspinnen. Es ging um eine entführte Frau und darum, dass ein mysteriöser Gegner sie auf die Suche nach einem echten Vampir geschickt hatte! Da hatte er keine Lust, mit dieser Frau irgendwelche Belanglosigkeiten auszutauschen. Außerdem schien sie doch in diese ganze Sache verstrickt zu sein. Warum leugnete sie, die drei ??? zu kennen? Bereitete sie vielleicht etwas vor, das mit dem echten Vampir in Zusammenhang stand? Oder behielt sie lediglich die drei ??? weiterhin im Auge?
»Ja, ich kenne Fürst Alucard, und er wird böse, wenn ich unser Treffen nicht wahrnehme!« Peter wandte sich abrupt ab, tat, als ob er stolpere, und rempelte sie an. Dabei hakte er geschickt den Peilsender in eine Tasche ihres Vampirgewands ein. »Entschuldigt mein Versehen!«, sagte er. »Und vielleicht hören wir ja wieder voneinander.« Damit eilte er davon, den Gang zurück, den sie gekommen waren, überzeugt, dass sie tatsächlich wieder von dieser Frau hören würden – über den Peilsender nämlich!
Bob folgte Peter, bis sie plötzlich Schritte hörten. Eine bucklige Gestalt schlurfte ihnen entgegen und zog dabei das rechte Bein nach. Sie hatte einen zerrissenen Anzug an und stieß hin und wieder ein dumpfes Ächzen aus.
Am Stoff erkannten die beiden Freunde schließlich, wer sich

da näherte. Das war Justus! Er hatte seinen Holzpfahl draußen zurückgelassen und sein Gesicht hässlich geschminkt, bleich und mit blutigen Striemen, die Haare verstrubbelt und die Kleider zerrissen. So gebückt und hinkend, wie er ging, erinnerte er an eine weitere Gruselgestalt.

»Meine Tarnung als Untoter ist exzellent, oder?«, fragte der Erste Detektiv mit einem schiefen Grinsen.

»Zum Fürchten«, gab Peter zu. Er erklärte Justus, dass sie Mrs Yantigyna mit dem Peilsender verfolgen konnten. Der blinkende Punkt auf dem Empfangsgerät begann gerade, sich zu bewegen, tiefer in das Höhlensystem hinein.

Weiter auf Seite 91.

Du bist von Seite 88 oder 133 hierher gelangt.

Justus lief auf seine beiden Freunde zu. Eine braune Bananenschale klatschte von seinem Knie auf den Asphalt der Straße. »Keine Fragen«, meinte er und schmierte etwas, das im besten Fall Erdbeerjoghurt oder auch etwas viel Ekligeres sein konnte, von seinem Handrücken an seine völlig verschmutzte Hose.
»Hast du eine Mülltonne über dir ausgeleert?«, fragte Peter, der auch nicht gerade glücklich aussah. Er rieb sich erst den Rücken, der vom Sturz von der Feuerleiter schmerzte, und danach die aufgeschürften Hände.
»Wenn du's genau wissen willst«, sagte Justus, »ja, hab ich.« Er hob abwehrend die Hände. »Und nein – keine weiteren Fragen jetzt!«
Bob klickte sich inzwischen mit verdrießlichem Gesichtsausdruck durch seine Handyfotos. »Ich habe ein paar ganz klare Aufnahmen vom Lieferwagen, der übrigens blitzsauber war, fast wie neu. Nur das Nummernschild nicht, das war völlig mit Matsch vollgespritzt – alles andere als ein Zufall. Man kann absolut nichts erkennen, nicht mal einen einzigen Buchstaben oder eine einzelne Nummer.«
Der Anführer der drei ??? seufzte. »Zuerst sah es ja so aus, als wäre die Entführung nicht sonderlich gut vorbereitet. Aber da haben wir uns offenbar getäuscht.«
»Und jetzt?«
»Zurück zu Mr Train. Es gibt da einige Fragen, die wir ihm dringend stellen müssen.«

Weiter auf Seite 62.

Du bist von Seite 61 oder 96 hierhergelangt.

Die drei ??? saßen mit einem sichtlich verzweifelten Mr Train in dessen Wohnzimmer. Justus entging nicht, dass sich auf dem Tisch einige Briefe stapelten, die tatsächlich an *Mr Train* adressiert waren – stets ohne Vornamen, nur mit diesem auffälligen Nachnamen. Ihm lagen einige Fragen dazu auf den Lippen, aber die konnte er später stellen, wenn die dringenderen Dinge besprochen waren.

»Ihr werdet mir doch helfen, Jungs?«, fragte Mr Train.

»Die drei ??? nehmen diesen Fall selbstverständlich an«, versicherte Justus. »Und Sie verstoßen noch nicht einmal gegen die Forderungen der Entführer, die befohlen haben, dass Sie sich nicht an die Polizei wenden. Wir sind ja schließlich keine Polizisten. Aber wir sind Detektive, wie Sie wissen.«

»Die Karte, Just!«, sagte Peter.

»Was?«

»Gib ihm unsere Karte! Ich habe gerade keine dabei.«

»Klar!« Justus überreichte Mr Train ihre Visitenkarte.

»Aber zurück zum Thema«, sagte Justus. »Wir wissen bis jetzt so gut wie gar nichts. Ihre Frau wurde entführt, nachdem Sie

beide offenbar das Opfer der Drohungen einiger Gruselgestalten wurden.«
Mr Train räusperte sich. »Das kann ich erklären. Natürlich war es kein echter Zwerg und erst recht kein Vampir. Das wäre ja lächerlich!«
»In der Tat«, sagte Peter und klang erleichtert.
»Wo soll ich bloß anfangen?« Mr Train seufzte.
»Vorne«, stellte Bob nüchtern fest. Er hielt einen Stift in der Hand und hatte einen Block vor sich liegen. »Alle Informationen können wichtig sein, damit wir richtig und möglichst schnell auf die Nachricht des Entführers reagieren können.«
Ein hastiges Nicken antwortete ihm. »Also, wie gesagt, die Drohungen kamen nicht von irgendwelchen Fabelwesen oder so. Sondern von Spielern.«
»Spielern?«, fragte Justus verblüfft.
»Mein Frau und ich sind begeisterte LARP-Spieler. Wir haben sogar ein großes LARP-Camp hier in der Nähe von Rocky Beach mitorganisiert, das morgen beginnt.«
»Langsam, langsam«, forderte Peter. »LARP? Steht das nicht für …«
»Live Action Role Playing«, fiel Justus ihm ins Wort. »Also ein Rollenspiel, in dem die Mitspieler in verschiedene Rollen schlüpfen, meist in die von fiktiven Figuren.«
»Wie eben von Zwergen oder Vampiren«, erklärte Mr Train. »Oder auch in die von Sherlock Holmes oder einfach eines Bauern aus dem Mittelalter oder wovon auch immer. Alles ist möglich! Im Unterschied zum normalen Rollenspiel, das im Wohnzimmer gespielt wird, verkleiden sich die Spieler beim LARP oft aufwendig und treffen sich auch in Hallen oder auf

gemieteten Feldern. Mal nur wenige, dann wieder sehr viele Leute. Man taucht in eine erfundene Welt ab oder zum Beispiel ins Mittelalter oder in die Zukunft.«

»Darum geht es?«, fragte Peter skeptisch. »Um ein paar Erwachsene, die sich zum Rollenspiel treffen?«

»In diesem Fall nicht nur ein paar«, sagte Mr Train. »Bei unserem großen Camp werden zehn Welten gleichzeitig gespielt, und das in vielen Einzelveranstaltungen über die nächsten Monate! Wir erwarten insgesamt 10.000 Mitspieler!«

»Zehntau…«, ächzte Peter. »Und das heißt wohl, dass wir es mit 10.000 Verdächtigen zu tun haben, ja? Na bestens!«

»9.998«, sagte Justus altklug. »Die Entführte und unseren Auftraggeber können wir wohl guten Gewissens ausschließen. Aber ich gehe davon aus, dass die Zahl ohnehin nur eine Größenordnung angibt und nicht exakt die tatsächliche Zahl der Mitspieler.«

»Äh … ja … klar«, stotterte Mr Train.

»Aber noch mal«, meinte Justus. »Sie haben also ein großes Rollenspielcamp organisiert, werden von irgendwelchen verkleideten Spielern bedroht und dann wird Ihre Frau entführt. Das kann natürlich kein Zufall sein. Erzählen Sie mehr über das Camp.«

»Wir haben ein großes Gelände angemietet, im Osten von Rocky Beach, an der Steilküste. Wenn ihr dorthin kommt, wird es euch vielleicht zunächst an einen Wanderzirkus erinnern. Am besten zeige ich es euch, dann werdet ihr schon sehen. Und dann erkläre ich euch mehr dazu.«

»Und wie genau wurden Sie bedroht?«, fragte Bob. »Ging es darum, dass das LARP-Camp nicht stattfinden soll?«

Ihr Auftraggeber schüttelte den Kopf. »Es gab nie irgendwelche konkreten Forderungen. Nur Drohungen. In beiden Fällen, als ich auf dem Gelände war, um den Aufbau zu beobachten. Beim ersten Mal kam der Zwerg und herrschte mich an mit einem ›*Es wird euch schlecht gehen, dir und deiner Frau!*‹. Beim zweiten Mal kam der Vampir und schrie: ›*Wagt es nicht, euch einzumischen, wenn es so weit ist!*‹ Ich weiß nicht, was das bedeuten soll! Die Gestalten sind beide sofort wieder verschwunden, irgendwo zwischen den Zelten oder in den Höhlen.«

»Höhlen?«, fragte Peter.

»Wie gesagt, ihr werdet es sehen. Wir haben ganz schön Geld in die Hand genommen, um das Camp aufzuziehen und attraktiv zu machen. Stellt euch doch vor – 10.000 Spieler in den nächsten Monaten! Denen muss man schon etwas bieten. Die ersten Wochenendrunden sind restlos ausgebucht. Alle Welten sind voll besetzt.«

»Alle Welten?«, fragte Bob.

»Wir haben eine Eisenbahnwelt, eine Horrorwelt, eine Welt der Comichelden, eine Fantasywelt und noch viel mehr.« Mr Train seufzte. »Ich klinge ja, als würde ich Werbung machen. Meine Güte, es geht doch um meine Frau! Sie wurde entführt. Das ist wichtiger als alles andere. Ihr müsst mir helfen, sie unversehrt zurückzubekommen!«

»Wir werden unser Bestes tun, um diesen mysteriösen Fall zu lösen«, versicherte Justus. »Aber zuerst müssen wir auf die Botschaft der Entführer warten.«

Die kam bald, und sie war so einfach wie eindeutig. Das Telefon klingelte, Mr Train nahm ab und stellte auf Lautsprecher, damit die drei ??? mithören konnten.

Eine krächzende Stimme meldete sich. »Wir haben die drei Burschen gesehen und herausgefunden, dass es sich um Detektive handelt! Wir nehmen die Herausforderung an! Kommt zum LARP-Camp, wenn ihr die Entführte wiedersehen wollt. Geht dorthin, wo Mr Train zu Hause ist. Aber seid gewarnt, denn das Spiel wird ernst! Der Spaß ist nun vorbei …«

Du betrittst bald das LARP-Camp!
Bereite dich auf Seite 89 auf Runde 1 vor!

Du bist von Seite 22 hierhergelangt.

»Wir müssen sofort hoch!«, rief Peter.
»Aber meine Frau«, sagte Mr Train matt. »Wir dürfen nichts unternehmen. Denkt an die Botschaft! Der Enführer wird ihr sonst etwas antun!«
»Wir sind nicht die Polizei und wir sind nicht Sie«, erklärte Justus, während seine Freunde schon durch die Tür waren. »Von uns war im Brief nicht die Rede!«
Die drei ??? hasteten die Stufen nach oben. Was dachte sich dieser Entführer bloß? Er konnte mit seinem Opfer nicht entkommen! Er müsste im Treppenhaus nach unten, um das Haus zu verlassen. Und er war bei seinem Verbrechen alles andere als leise und unauffällig gewesen. Das sah nach einer äußerst schlecht geplanten Entführung aus.
Oben angekommen, schauten sie sich hektisch um. Den Lärm hatte man zwar nicht überhören können, aber von wo war er gekommen?
»Rechts!«, rief Bob.
Die Tür dort stand offen und der Blick hinein offenbarte ein Chaos. Sie hatten den Lärm richtig interpretiert: Tatsächlich war ein riesiges Regal umgestürzt. Bücher, Puppenfiguren und Bilder lagen auf dem Boden. Ein mächtiger metallener Spiegelrahmen lag halb über einem massiven Rattansessel, rundum breitete sich ein Meer von tausenden von Splittern aus.
Und das Fenster stand offen!
Peter rannte dorthin. Glasscherben knirschten unter seinen Schuhen.
»Aber wir sind im zweiten Obergeschoss!«, rief Bob. »Der Entführer kann doch nicht einfach aus dem Fenster …« Er

brach ab, als er selbst nahe genug war, um am Haus hinab nach unten zu sehen.

Direkt unterhalb des Fensters lag das obere Ende einer Feuerleiter, ein kleiner Balkonabsatz, auf dem mit Mühe zwei Leute stehen konnten. Von dort gingen seitlich grobe Metallsprossen nach unten; einen Stock tiefer gab es einen weiteren Absatz, ehe die Sprossen bis zum Boden gingen.

Dort unten kletterten soeben drei Gestalten die letzten Stufen hinab. Die Frau musste Mrs Train sein, samt zwei Entführern, die sie mit Gewalt zwangen, diesen Weg zu nehmen.

Justus, Peter und Bob warfen sich rasche Blicke zu und handelten sofort.

Der Zweite Detektiv als der Sportlichste der drei ??? schwang sich zuerst durch das Fenster und kletterte die Feuerleiter nach unten. Seine Schritte hallten auf dem Metall. Seine beiden Freunde folgten.

Die Entführer und ihr Opfer erreichten den Boden und standen hinter dem Haus. »Mitkommen!«, schnauzte einer der beiden Verbrecher. Beide trugen Masken vor den Gesichtern und breite Mützen, was sie völlig unkenntlich machte.

Eine der dunklen Gestalten packte Mrs Train und zerrte sie mit sich durch den Garten, hin zu einer schulterhohen Hecke an der Grenze des Grundstücks. Die Ehefrau ihres Auftraggebers war eine schmale Frau. Sie trug eine Jeanshose, eine weiße Bluse und eine schwarze Mütze tief über den Kopf gezogen. Sie stolperte vorwärts. Mehr konnten die drei ??? auf diese Entfernung nicht erkennen.

Peter hämmerte das Herz wie rasend in der Brust. Waren sie nicht leichtsinnig gewesen, einfach so die Verfolgung aufzu-

nehmen? Was, wenn die Entführer eine Pistole bei sich trugen und radikal genug waren, auf ihre Verfolger zu schießen?
»Ihr bleibt sofort stehen, sonst passiert was!«, schrie einer der Schurken, als hätte er Peters Gedanken gehört. Es war ein Mann, wenigstens das konnte man anhand der Stimme feststellen.
Peter versteinerte auf der Leiter, einen Fuß auf einer Sprosse, den anderen in der Luft. Bob, der über ihm nach unten kletterte, nahm noch eine Sprosse und trat seinem Freund aus Versehen auf die rechte Hand. Bob zog den Fuß sofort zurück – doch da ließ Peter bereits reflexartig los. Durch den Ruck verlor er den Halt. Sein Fuß rutschte ab.
Für einen Augenblick baumelte der Zweite Detektiv an einer Hand an der kalten metallischen Sprosse. Doch nur mit der Linken konnte er sich nicht festhalten!
Seine Finger rutschten weg …
… und Peter stürzte ab!

Gefährlich! Lies weiter auf Seite 128.

Du bist von Seite 85 hierhergelangt.

Peter schnappte sich den Zettel, der unterhalb der Dampfpfeife sorgsam angeklebt worden war. Er war deshalb aus der Ferne nicht aufgefallen, weil das Papier außen schwarz war wie das Metall der Lok. Obwohl es Peter drängte, die Botschaft zu lesen, hielt er sich zurück und ließ das Papier möglichst unauffällig in seiner Hosentasche verschwinden. Er konnte förmlich spüren, wie Charles Nortons neugierige Blicke aus dem Führerstand auf ihm brannten. Auch rund um die Lokomotive waren einige Spieler stehen geblieben und beobachteten die Eskapaden dieses Jungen in seiner Schaffneruniform.

Peter fragte sich, was ein echter Rollenspieler nun tun würde. Er klopfte gegen die Dampfpfeife, rüttelte daran, strich darüber. »Na, was immer unser Chef gemeint hat«, rief er laut und kam sich vor wie in einem schlechten Theaterstück, »ich weiß gar nicht, was ich hier soll. Mit der Pfeife und dem … äh, Flansch ist alles in bester Ordnung!«

Flansch? Was war das nun wieder für ein kompletter Unfug! Er redete sich noch um Kopf und Kragen. Aber irgendetwas hatte er noch sagen wollen, weil die Pfeife allein ihm nicht wichtig genug vorgekommen war. Mit knallrotem Gesicht kletterte er wieder hinunter und eilte davon. Hoffentlich kam ihm niemand nach! Nein – doch er hatte die Aufmerksamkeit einer Menge Leute geweckt, die ihm hinterhertuschelten.

Erst am Rand des Spielgeländes der Zugwelt drehte sich Peter um. In einigem Abstand stand eine Gruppe von Spielern. Weit genug weg, dachte der Zweite Detektiv. Er zog den Zettel aus der Hosentasche und las.

Brav geklettert. Weil es das erste Spiel ist, machen wir es einfach. Sagt mir eins: Wo fällt so ein schmutziges Dreckstück wie eine Bombe am wenigsten auf? Sucht sie und beeilt euch: Entschärft die Bombe! Sonst gibt's einen Knalleffekt, den wir doch alle gar nicht wollen, nicht wahr? Warum? Weil mein Schatz ein Kohlenheizer ist!

Peter kniff die Augen zusammen und las erneut. Was in aller Welt sollte diese absurde Botschaft? Offenbar wollten ihre Gegner ihnen einen Tipp geben, wo sie die Bombe zu suchen hatten. Aber was sollte dieser verrückte letzte Satz? War damit etwa dieser Charles Norton gemeint? Nein, den hatte er zufällig getroffen. Oder?

Peter zwang sich zur Ruhe. Er musste nachdenken. Zuerst das Versteck der Bombe finden, dann konnte man weitersehen. Er musste zu Justus und Bob. Zu dritt würden sie das Rätsel schon lösen! Er ließ den Zettel wieder in seiner Hosentasche verschwinden und rannte zum Zug zurück. Ob die beiden wohl noch mit dieser Erinya in den Waggons irgendwelche Passagiere kontrollierten?

Peter durchsuchte Wagen um Wagen, entdeckte seine Freunde aber nicht. Das durfte doch nicht wahr sein! Als er den letzten Wagen verließ, sah er sie. Sie standen vor dem Schlepptender. Was taten sie dort? Peter traute seinen Augen nicht. Waren sie tatsächlich dabei, den Tender zu putzen?

Weiter auf Seite 19.

Du bist von Seite 37 hierhergelangt.

Peter hielt sekundenlang den Atem an …

… bis ihm klar wurde, dass er recht gehabt hatte. Es gab keine Explosion. Seine Finger zitterten ein wenig, als er das schwarze Kabel fallen ließ, das er aus dem Bombenkasten herausgezogen hatte. *Weil mein Schatz ein Kohlenheizer ist*, dachte er und sagte laut: »Schwarz! Ich wusste es. Wie in diesem Kinderlied, versteht ihr? *Grün, grün, grün sind alle meine Kleider. Grün, grün, grün ist alles, was ich hab. Darum lieb ich alles, was so grün ist, weil mein Schatz ein Jäger, Jäger ist!* In den Strophen haben die Kleider immer die Farbe des Berufs, dem der Schatz nachgeht. Und in der Botschaft stand: *Weil mein Schatz …*«

»… ein Kohlenheizer ist!«, rief Justus. »Darum das schwarze Kabel. Genial, Peter! Eine deiner besten Leistungen.«

Bob ließ sich auf den Kohlenberg plumpsen. Noch schmutziger konnte er ohnehin nicht werden. »Eins ist aber ganz schön anders als im Film. Dort bleibt das Zählwerk immer bei null-null-null-eins oder so stehen. Nicht bei …«, er schaute nach, »… 141.«

Die drei ??? sahen sich an und brachen in prustendes Gelächter aus.

Peter hob den Bombenkasten hoch – und zuckte zurück. Eine fette Spinne krabbelte am Kasten hoch, den Peter fast hätte fallen lassen vor Schreck. Er hasste Spinnen. Geistesgegenwärtig handelte Bob und fegte die Spinne mit einer schnellen Handbewegung weg.

»Lasst uns hier verschwinden.« Peter stutzte. Unter dem Kasten lag ein weiterer Zettel – eine neue Botschaft ihres Gegners. Doch sie kamen nicht sofort dazu, sie zu lesen. Etwas lenkte sie ab. Von draußen hörten sie aufgeregtes, lautes Gerede – und vereinzelte Schreie. Brauchte dort jemand Hilfe?

Bob seufzte. »Bombe! Jemand hat das Wort *Bombe* geschrien. Irgendwie ist die Info durchgesickert.«

»Verflixt!«, rief Peter und steckte den Zettel ungelesen in die Hosentasche. Die drei ??? kletterten schwarz wie die Raben aus dem Kohlenkasten. Mit verschmierten Händen und Gesichtern mussten sie husten, als sie dabei Kohlenstaub aufwirbelten. Sie sahen alles andere als heldenhaft aus, als sie den Schlepptender verließen.

Viele Spieler hatten sich rundum versammelt und immer noch mehr strömten herbei. Charles Norton stand in ihrer Mitte und gestikulierte aufgeregt. »Eine Bombe!«, rief er wieder. »Im Zug ist eine Bombe!«

»Das ist doch ein Spiel«, rief jemand.

»Nein! Die Campleitung hat ein paar Spezialisten …« Seine weiteren Worte gingen in Schreien unter.

»Hey!«, schrie Justus. »Wir sind diese Spezialisten!« Immerhin schaffte er es, Aufmerksamkeit zu erregen.

»Ein paar … Halbstarke?!« Dem Ruf aus der Menge folgte Gelächter. Offenbar nahmen die Leute es nun nicht mehr ganz so ernst.

»Wir haben die Bombe entschärft«, sagte Justus. »Niemandem droht mehr Gefahr. Wir werden uns um alles kümmern. Sie können ganz beruhigt …« Zu weiteren Erklärungen kam er nicht. Die Leute jubelten und lachten. Offenbar glaubten die meisten – wie Justus gehofft hatte – an einen besonders raffinierten Spielzug. Nur wenige sahen verängstigt aus, aber auch sie zerstreuten sich mit der Menge.

Die drei ??? schauten sich an. Justus knetete seine Unterlippe. »Wenigstens kümmert sich keiner mehr darum. Das wird wohl noch eine Menge Gesprächsstoff bei den Spielern geben.«
»Und jetzt will ich wissen, was auf dem Zettel steht!«, sagte Peter. Sie zogen sich in eine ruhige Ecke zurück.
»Gut kombiniert!«, las Peter dort seinen Freunden die handgeschriebene Notiz vor. *»Ich hoffe, ihr fühlt euch wohl, so schwarz, schwarz, schwarz … Und schon geht es weiter für euch mit der zweiten Aufgabe – ihr solltet euch beeilen, Jungs! Mrs Train geht es nicht besonders gut … Seid ihr bereit für die Horrorwelt? Ich hoffe, ihr seid hart im Nehmen. Haha! Was ihr dort tun müsst? Findet den echten Vampir unter den falschen! Viel Erfolg … und lasst euch nicht beißen!«*

Herzlichen Glückwunsch!

Du hast Runde 1 bestanden!

Auf Seite 124 beginnt für dich und die drei ??? Runde 2!

»War das Bob gegenüber fair?«, fragte Peter. »Dass wir ihn allein gelassen haben und er singen muss?«
Justus winkte ab. »Er kann das am besten. Wir schauen uns um, suchen nach Mrs Yantigyna und werden Bob so schnell wie möglich unterstützen. Also los, verschaffen wir uns einen Überblick über diese Spielwelt.«
Das erwies sich als einfacher als gedacht. Am Sangeswettstreit nahmen nur etwa dreißig Mitspieler teil, die sich um ein flackerndes Lagerfeuer versammelten. Der Rest machte es sich um zwei weitere Lagerfeuer bequem. Dabei kreisten große Humpen, und es wurde viel gelacht. Immer mehr Spieler wanderten als Zuschauer zum Sangeswettstreit hinüber. Von Erinya Yantigyna fanden sie keine Spur. Es hätte sie auch sehr gewundert, wenn es noch einmal so einfach gewesen wäre, sie zu entdecken.
Die beiden Freunde schlenderten umher, als würden sie dazugehören, was in gewissem Sinn ja auch stimmte. Sie waren tatsächlich Teil dieses Spiels, wenngleich ihnen eine besondere Rolle zukam. Dabei hielten sie Ausschau nach allem, was ihnen seltsam oder verdächtig vorkam, ohne jedoch zu wissen, wonach sie konkret suchen sollten.
Sie schauten eine Weile dem Sängerwettstreit zu und erkundigten sich bei anderen Zuschauern, wie es bisher gelaufen war. Bob hatte offenbar schon einen Auftritt gehabt, ein Sangesduell mit einem Mädchen. Den Zuhörern hatte seine Darbietung besser gefallen, sodass Bob eine Runde weitergekommen war und demnächst erneut antreten musste. Bis dahin wollten Peter und Justus noch die Zeit nutzen, auch die Randbereiche der Mittelalterwelt unter die Lupe zu nehmen.

Du bist von Seite 99 hierhergelangt.

Diesmal fiel Peter etwas auf. »Justus, schau dir das an!« Er deutete unauffällig in Richtung des großen Zelts der Science-Fiction-Welt. Von dort kam eine einsame Gestalt.
»Das ist ein Spieler, der einen Mönch gibt! Na und?«
»Die Gestalt hat die Kapuze so hoch gezogen, dass man sie absolut nicht erkennen kann.«
»Das kann Zufall sein«, meinte der Erste Detektiv skeptisch.
»Klar! Andererseits könnte es aber auch Erinya Yantigyna sein. Schauen wir uns das genauer an!«
Der Mönch lief in Richtung des Sangeswettstreits. Dort gab gerade ein ganz in Samt gekleideter Prinz eine schreckliche Stepptanzdarbietung. Justus und Peter gingen ebenfalls wieder näher und unterhielten sich über irgendwelche Belanglosigkeiten, um nicht aufzufallen. So entdeckten sie, dass der Mönch einen der großen Humpen in der Linken hielt, wie sie auch am Lagerfeuer die Runde machten. Er war fast leer. Wie zufällig hielt der angebliche Mönch nun seine rechte Hand darüber. Ließ er etwas hineinfallen? Im nächsten Moment reichte er den Krug einem der Teilnehmer, der ihn bedenkenlos nahm und leer trank, ehe die beiden Freunde eingreifen konnten.
»Peter«, sagte Justus dumpf, »ich habe das dumme Gefühl, dass du mit deinem Verdacht recht hattest. Wenn das Gift war …«

Weiter auf Seite 55.

Justus wollte den Eindruck erwecken, als flaniere er ziellos durch das Zelt und lasse die Atmosphäre auf sich wirken. Tatsächlich observierte er, wie er es in Gedanken nannte: Er hatte alles genau im Blick, hielt Ausschau nach jeder nur denkbaren Merkwürdigkeit. Wie auch immer man einen Gestaltwandler enttarnen konnte, es gehörte zu diesem Rollenspiel, also mussten die Veranstalter auch Hinweise für die Spieler ausstreuen. Außerdem hoffte Justus darauf, Erinya Yantigyna zu entdecken. Er war sicher, dass sie eine Schlüsselrolle in ihrem Fall spielte, auch wenn sie in der Mittelalterwelt nicht in Erscheinung getreten war. Der Erste Detektiv traf jedoch auf jemand völlig anderen, als der gerade die riesige Rakete in Augenschein nahm. »Mr Train!«

Ihr Auftraggeber diskutierte leidenschaftlich mit einem Außerirdischen, dessen Körper ebenso breit wie hoch war. Nun wandte er sich an Justus. »Oh. Wie, äh, schön, dich zu sehen.« Er blickte auf die Uhr. »Mein Name lautet hier aber nicht Train, sondern Rocket.«

»Selbstverständlich, Sir«, sagte Justus. Das Spiel ging im Camp tatsächlich über alles. »Hätten Sie eine Minute Zeit, unter vier Augen?« Das massige Alien verstand und stampfte davon. Bei jedem Schritt gab das Kostüm einen wummernden Soundeffekt von sich.

Mr Train alias Rocket schaute wieder auf die Uhr. »Eine Minute, klar!«, flüsterte er. »Kommt ihr voran?«

»Wir müssen den Gestaltwandler enttarnen. Dann soll Ihre Frau freigelassen werden.«

»Das … das wäre wunderbar!« Ein verzweifelt wirkendes Lächeln legte sich auf die Lippen ihres Auftraggebers.

Du bist von Seite 81 hierhergelangt.

»Wie wir Ihnen vorhin schon kurz am Telefon angedeutet haben«, erklärte Justus, »kommt es uns vor, als hätten es die Entführer in erster Linie auf diese Aufgaben angelegt. Die Bombe, der Vampir, der Sangeswettbewerb … Fällt Ihnen vielleicht dazu etwas ein?«

»Fragst du mich etwa um Rat?« Mr Train hob die Schultern. »Seid ihr die Detektive oder bin ich das?«

Justus wunderte sich über die schroffe Abweisung. Offenbar stand ihr Auftraggeber so sehr unter Druck, dass er nahe davor war, die Nerven zu verlieren. Seine entführte Frau, der Stress, als Veranstalter für dieses Riesencamp verantwortlich zu sein – das war offenbar zu viel für ihn.

»Hören Sie«, sagte der Anführer der drei ??? deshalb noch etwas leiser als zuvor. »Ich will ja keinesfalls die Spielregeln brechen oder mir einen ungebührlichen Vorteil verschaffen – aber wenn wir den Gestaltwandler enttarnen, wird Ihre Frau freigelassen. Sagen Sie uns doch einfach, wie diese Aufgabe zu lösen ist!«

Mr Trains Augen weiteten sich. »Wie kommst du darauf, dass ich das wissen könnte?«

»Na, als Veranstalter …«

»Ach so! Nein, mit den Aufgaben habe ich nichts zu tun. Leider!« Ein erneuter Blick auf die Uhr. »Ich muss weiter, Justus. Löst die Aufgabe, bitte! Ich habe das Gefühl, die Zeit drängt! Meine arme Frau …« Damit ließ er den Ersten Detektiv stehen. Keine Sekunde später klingelte es in Justus' Hosentasche.

Weiter geht's auf Seite 10.

Es war gerade Pause beim Sangeswettstreit, als die drei ??? wieder zusammentrafen. Sie spazierten ein wenig abseits des Lagerfeuers herum, wo sich vor dem großen Finale immer mehr Spieler versammelten, und brachten sich gegenseitig auf den neuesten Stand.

»Noch drei Bewerber sind im Spiel«, erklärte Bob. »Wir treten in einer großen Abschlussrunde gegeneinander an. Ich muss gewinnen, wenn wir die Forderung der Entführer erfüllen wollen.« Er atmete tief durch. »Nicht einfach. Die beiden anderen sind echt gut, ich habe sie bei ihren früheren Auftritten gehört.«

Anschließend berichtete Peter, wie er dem verdächtigen Mönch gefolgt war und diesen gestellt hatte. »Es steht fest, dass ihn eine Frau dafür bezahlt hat. Mehr weiß er nicht.«

»Jedenfalls hat er einen der Zuschauer vergiftet«, sagte Justus. »Ich habe mich um das Opfer gekümmert. Es wird ärztlich versorgt. Das Gift hat nur eine kurzzeitige Magenverstimmung bewirkt. Heftig, aber ungefährlich.«

»Ich habe da einen Verdacht«, sagte Bob. »Just, ich glaube, du irrst dich!«

»Inwiefern?«, fragte der Erste Detektiv. »Ich gebe ja gern zu, dass niemand vollkommen ist, ich also der Logik zufolge auch nicht … aber ich habe eigentlich nichts gesagt, was mir als Fehler ausgelegt werden könnte!«

»Oh doch«, sagte Bob. »Nämlich als du erwähnt hast, wer da vergiftet wurde. Deiner Meinung nach ein Zuschauer. Ich habe das mitbekommen. Es war einer der Teilnehmer! Ich habe ihn bei einem seiner Auftritte gehört, und er war gut – vielleicht der Beste von allen.«

Du bist von Seite 52, 102 oder 109 hierhergelangt.

»Aber das würde ja bedeuten …«, setzte Peter an.
»Exakt!«, unterbrach Bob. »Dass jemand einen unliebsamen Konkurrenten aus dem Weg geräumt hat!«
Dieser Spekulation gingen die drei ??? sofort auf den Grund. Sie befragten unauffällig einige Mitspieler. Etliche bestätigten indirekt ihren Verdacht, indem sie erwähnten, dass Harry Baker – so lautete der Name des Vergifteten – sicher gewonnen hätte.
»Das schränkt den Kreis der möglichen Auftraggeber erheblich ein«, kombinierte Justus. »Wenn wir einige unwahrscheinliche Möglichkeiten außer Acht lassen, kommen nur die infrage, die momentan noch Chancen haben, das Finale zu gewinnen. Das heißt, dass wir die anderen Finalisten genauer unter die Lupe nehmen müssen! Wenn nur eine Frau dabei ist, haben wir sie!«
»Glaubt ihr«, fragte Peter, »dass diese Giftaffäre überhaupt etwas mit unserem eigentlichen Fall zu tun hat?«
»Vermutlich nicht«, sagte Bob. »Das war bestimmt nur ein unglücklicher Zufall!«

Weiter auf Seite 12.

Willkommen in Runde 4!

Von dem Science-Fiction-Zelt hatten die drei ??? bereits am Vortag den ein oder anderen Eindruck erhascht. Doch es war etwas völlig anderes, in diese Zukunftswelt einzutauchen. Sie hatten sich als Außerirdische verkleidet – sicher keine brillanten Kostüme, aber darauf kam es ihnen auch nicht an. Justus trug ein paar Fühler über dem hellblau angemalten Gesicht. Peter begnügte sich mit übergroßen Ohren und einem aufgeklebten dritten Auge mitten auf der Stirn. Bob hatte sich ein hellbraunes Fleckenmuster auf beide Schläfen gemalt und trug schlabberige, silbrige Hosen, die seine Beine extrem kurz wirken ließen.

Im Zelt herrschte eine herrlich fremdartige Atmosphäre. Aus großen Lautsprechern dröhnten Soundeffekte von startenden Raumschiffen oder über die Menge hinwegzischenden Gleitern. Eine große Rakete stand im Zentrum. Der Platz rundum sah aus wie die Oberfläche eines fremden Planeten, mit Kratern, künstlichen Felsen und knorrigen, lilafarbenen Pflanzen. Von den Innenseiten der Zeltbahnen leuchteten Sterne und Planeten, teils mit Ringen wie beim Saturn.

Immer mehr Spieler strömten ins Zelt, einige von ihnen Astronauten, die meisten Außerirdische – alle mit auffallend aufwendigen Kostümen. Eine Gestalt mit langem Hals und tellerartigem Kopf stolzierte vorbei. Ein Kind im Pelzkostüm und mit einem lustigen Nagezahn erinnerte an eine Mischung aus Maus und Biber.

Die erste große Frage beantwortete sich für die drei ??? von selbst: Sie fanden sofort heraus, was *die Aufgabe* war, von der ihre Gegner gesprochen hatten. Das kam auch nicht oft vor,

Du bist von Seite 103 hierhergelangt.

dass ihnen die Lösung eines Problems von einem großen Plakat geradezu entgegenschrie.

LIEBE ERDLINGE UND ALIENS!
LÖST DIE AUFGABE DES TAGES! UNTER UNS
IST EIN GESTALTWANDLER, DER SEIN ÄUSSERES
BELIEBIG VERÄNDERN KANN.
FINDET IHN! ENTTARNT IHN!
ER HAT EINEN HEIMTÜCKISCHEN PLAN!

»Das erinnert mich ein bisschen an unsere Aufgabe in der Horrorwelt«, sagte Justus. *»Findet einen echten Vampir unter den falschen.«*

»Nur dass diesmal alle Spieler der Aufgabe nachgehen«, gab Bob zu bedenken. »Und dass es in diesem Fall wirklich keinen realen Hintergrund geben kann! Eine Vampirfledermaus – okay. Aber ein Gestaltwandler? Nein!«

»Ein Chamäleon kann in gewissem Maß …«, setzte Peter an.

»Es kann nicht sein Äußeres beliebig ändern«, unterbrach der Erste Detektiv. »Dabei geht es um viel mehr als nur ein wenig Farbwechsel, der in der Realität übrigens weit weniger spektakulär ist als in manchen Zeichentrickfilmen.«

»Also gut«, unterbrach Bob den Vortrag. »Enttarnen wir einen Gestaltwandler. Damit hatten es die drei ??? immerhin noch nie zu tun! Ich schlage vor, wir trennen uns und verschaffen uns so den größtmöglichen Überblick!«

Was Justus dabei erlebt, steht auf Seite 77.
Peters seltsame Begegnung findest du auf Seite 136.
Bob, der nicht minder Seltsames erlebt, folgst du auf Seite 140.

»Ich bin ebenso traurig wie der krächzende Vogel, dem ihr gerade lauschen musstet!« Bob sprach mit dumpfer, matter Stimme. »Ich bin das traurige … äh …« Ja was? »Das traurige Faultier!« Das war das traurigste Tier, das ihm auf die Schnelle einfiel.

An den skeptischen Blicken und einem vereinzelten Buhruf merkte er, dass er nicht gerade auf dem besten Weg war. Aber egal, jetzt gab's kein Zurück mehr!

Er hockte sich auf den Boden und ließ die Schultern hängen. »Ich bin so traurig«, sagte er, »dass ich weinend eure Gunst begehre!« Kaum waren die Worte draußen, fühlte er, dass sie gar nicht gut gewählt waren. Mit zunehmender Verzweiflung sprach er weiter und fühlte sich, als würde er irgendeinem Fremden zuhören, der seinen Mund benutzte. »Darum singe ich das Lied, das, äh, schon König Artus sang, als er die Ritter der Tafelrunde suchte und nicht fand, weil sie ihn verlassen hatten.«

Die Buhrufe wurden lauter.

Bob musste dringend etwas ändern. Mit jedem Wort redete er sich tiefer in die Bredouille. »Traurig bin ich und allein«, sang er also, und das auf die schwermütigste Melodie, die ihm in den Sinn kam, nämlich die des Schlafliedes *Guten Abend, gute Nacht.* »Meine Ritter sind we-heg! König Artus, so-ho klein …«

Weiter kam er nicht.

Etwas zischte auf ihn zu und klatschte ihm gegen die Schulter – eine faule Tomate! Sie platzte und ergoss ihr Fruchtfleisch und die Kerne über ihn.

Bob wollte aufstehen, doch plötzlich stand Walther neben

Du bist von Seite 130 hierhergelangt.

ihm, legte ihm die Hand auf die Schulter und drückte ihn nach unten. »Halt ein, du Narr! Wie kannst du es wagen, König Artus zu lästern? Keine Ritter in seiner Tafelrunde? Ein trauriger Artus? Wer hat dir solch eine ungeheure Mär in den Kopf gesetzt? Artus ist der lichte Held, der nie versagt! Außerdem beschimpfst du deine Gegnerin im edlen Wettstreit als krächzenden Vogel? Schäm dich!«

»Also, ich …«

»Was meint ihr?«, rief Walther.

Das Publikum buhte Bob gnadenlos aus.

»Damit steht der Sieger des ersten Sangesduells fest!«, rief Walther voller Schadenfreude. »Die entzückende Nachtigall des Felsenstrands wird später gegen erfahrenere Sänger als diese Jammergestalt antreten!« Er scheuchte Bob vom Platz.

Und damit war der Sangeswettstreit für den dritten Detektiv gelaufen. Bob tröstete sich damit, dass Peter und Justus es auch nicht besser gekonnt hätten. Aber Tatsache war: Die drei ??? hatten die Aufgabe nicht erfüllt. Der Fall um die geheimnisvolle Entführung von Mrs Train blieb ungelöst. Kein Glanzstück ihrer Detektivkarriere, obwohl Mrs Train anschließend ohne weitere Forderungen freigelassen wurde. Die Rätsel dieses Falles blieben jedoch ungelöst. Vielleicht hätte sich Bob doch auf seine eigenen Stärken besinnen sollen, statt Amalia zu kopieren …

Peter schaute sich um. Der Auftrag, den Justus ihm indirekt gegeben hatte, erklärte sich von selbst – Peter sollte für eine sichere Reise sorgen. Und das hieß, dass er bei der Dampfpfeife nachsehen musste, ob ihr Gegner dort tatsächlich die Bombe versteckt oder wenigstens eine neue Nachricht hinterlassen hatte.

Eine Dame in einem weiten, schrecklich rosafarbenen Rüschenkleid stolzierte auf ihn zu. »Schaffner! Schaffner, hören Sie! Ich kann mein Reiseticket nicht finden! Womöglich verpasse ich noch diese Jungfernfahrt, ach, wie schrecklich!«

Das konnte Peter nun wirklich nicht gebrauchen. Klar, er verstand, dass so ein Rollenspiel durchaus Spaß machen konnte, wenn man mit einer großen Menge Leute ganz in seiner Rolle aufging und mit den Mitspielern immer neue Situationen erlebte. Da musste man stets mitspielen und sich auf neue Ereignisse einstellen. Aber das galt doch nicht, wenn es darum ging, eine Bombe zu entschärfen! Peter beschloss, die Frau einfach zu ignorieren.

Doch das ließ diese sich nicht bieten. »Das ist ja ungeheuerlich! Haaa-lloooo, Schaffner! Wissen Sie eigentlich, wer ich bin?!« Sie tippte ihn an der Schulter an.

»Äh, in diesem Fall ist der Lokführer zuständig«, behauptete Peter, und es war ihm völlig gleichgültig, ob das irgendeinen Sinn ergab. »Wenden Sie sich an ihn. Sie finden ihn, ähm, also, ja, in der Lok.« Damit stürmte er weiter, hörte die Spielerin aber hinter sich noch kichern.

In den vier Waggons gingen Passagiere ein und aus. Wahrscheinlich waren Justus und Bob auch dabei.

»Na, dann mal los«, murmelte der Zweite Detektiv und mar-

Du bist von Seite 105 hierhergelangt.

schierte direkt zur Lok. Er schätzte, dass sie zwanzig Meter lang war, wobei fast die Hälfte vom Schlepptank eingenommen wurde, in dem die Kohle- und Wasservorräte lagerten. Zumindest wäre es bei einer echten Lok so gewesen. So schwarz verschmiert, wie der Tank von außen aussah, war er offensichtlich auch in dieser Spielwelt mit Kohle gefüllt, und wer immer dafür zuständig war, war nicht sonderlich sorgsam vorgegangen. Peters Aufmerksamkeit galt jedoch dem Führerstand und dem lang gezogenen, röhrenartigen Lokteil, das sich davor erstreckte. Vor dem Fenster des Lokführers reckte sich die Dampfpfeife in die Höhe.
Dort lag Peters Ziel! Er ging nach dem Motto vor, dass Frechheit siegt. Als wäre es das Normalste der Welt, stieg er auf eins der großen Metallräder und stemmte sich in die Höhe. Er fand an einem Gestänge Halt und zog sich weiter. Da erst merkte er, wie heiß das Metall unter ihm war. Ob in der Lokomotive tatsächlich ein Feuer brannte, um Dampf zu erzeugen? Aber Mr Train hatte doch erklärt, dass die Lok nicht fahrtüchtig sei! Und bei einem echten Feuer wäre es wohl noch viel heißer. Vielleicht kam die Wärme nur von …
Er kam nicht dazu, den Gedanken zu Ende zu denken. Ein ohrenbetäubend schriller Pfiff sirrte aus der Pfeife, keine zwei Meter von seinen Ohren entfernt. Peter glaubte, das Trommelfell müsse ihm platzen! Fast wäre er abgestürzt. Nur mit Mühe konnte er sich davon abhalten, die Finger in die Ohren zu stecken.
Aus dem Führerstand schaute ihn ein verblüffter Mann an, mit schwarzer Uniform, wildem Rauschebart und verschmiertem Gesicht. War das tatsächlich ein Heizer?! »Sie da, junger

Mann in der Uniform eines Schaffners … was bei allen Dampfwolken Amerikas tun Sie dort?«

Peter war erleichtert, dass dieser Zuruf eher belustigt als verärgert klang. Offenbar hatte der Mann Spaß an der unerwarteten Entwicklung des Rollenspiels. »Ich muss eine Wartung vornehmen«, improvisierte der Zweite Detektiv. Um Zeit zu gewinnen, fragte er den anderen nach seinem Namen.

»Ich bin Charles Norton! Was genau sollen Sie warten?«

»Mit der Dampfpfeife ist etwas nicht in Ordnung!«

»Eben klang sie doch gut. Soll ich es noch einmal versuchen?«

Peter streckte ihm abwehrend eine Hand entgegen. »Bloß nicht! Lassen Sie mich einfach. Unser … äh, Chef hat das verlangt. Sie wissen schon, Mr Wildwest.« Kaum war das Wort draußen, hätte Peter sich ohrfeigen können. *Mr Wildwest?* Wie dämlich klang das denn?

Aber es verfehlte seine Wirkung nicht. »Aha«, sagte der Bärtige belustigt. »Na dann.« Er zog sich allerdings nicht zurück, sondern lehnte sich weiter aus dem Fenster, um zuzuschauen. Peter schob sich vorwärts, was auf dem gebogenen Metall gar nicht so einfach war. Aber er kam bis zur Dampfpfeife … und fand dort tatsächlich eine neue Nachricht!

Weiter auf Seite 70.

Du bist von Seite 128 hierhergelangt.

Während Justus davonrannte, hetzten Peter und Bob dem Lieferwagen hinterher. Sie hatten keine Ahnung, was sie überhaupt tun sollten. Schließlich konnten sie den Wagen nicht mit bloßen Händen aufhalten. Aber noch hatte er kein großes Tempo aufgenommen. Peter kam die verrückte Idee, die Schiebetür aufzureißen und …
… ja, was? Wenn es tatsächlich gelang, würde er improvisieren müssen. »Das Nummernschild«, rief er. »Ich kann nichts erkennen! Bob?«
Der dritte Detektiv nestelte im Rennen sein Handy heraus und tippte sich, ohne hinzusehen, in die Kamerafunktion. Er schoss ein Bild. Während Peter weiterrannte, machte Bob langsamer, schaute auf das Display und zoomte den Wagen heran, bis nur noch dessen Hinterseite zu sehen war. Er schoss Foto um Foto, aber ohne große Hoffnung. Irgendetwas verdeckte das Nummernschild.
Peter blieb dran. Völlig außer Atem bekam er tatsächlich den Griff der Schiebetür zu fassen. Doch der Fahrer hatte die verzweifelte Aktion offenbar im Rückspiegel bemerkt. Er lenkte den Wagen zur Seite, von Peter weg. Der Griff wurde dem Zweiten Detektiv aus der Hand gerissen. Peter stolperte, fiel und konnte sich gerade noch auffangen. Als er sich auf dem Asphalt die Hände aufschürfte, dachte er, dass das für diesen Tag genug Stürze und Verletzungen waren.
Der Wagen brauste davon. Sie konnten ihn unmöglich noch einholen.

Geh mit den beiden frustrierten Detektiven zu Seite 61.

Nur noch ein Tuten drang aus der Leitung, und Mr Train legte auf. »Ich verstehe das nicht. Was wollen die von mir?«, fragte er verzweifelt.

»Wir werden alles darangeben«, versicherte Justus, »das herauszufinden und Ihre Frau zu befreien.«

Bob nickte hastig. »Jedenfalls steht eins fest – wir müssen zu diesem LARP-Camp. Nicht nur, weil die Entführer das verlangen, sondern auch, weil die Spuren eindeutig dorthin weisen.«

»Fragt sich nur, wo genau wir ansetzen sollen«, meinte Peter. »Was kann damit gemeint sein, wenn der Entführer uns dorthin schickt, *wo Sie zu Hause sind*?«

»Das ist doch klar«, sagte der Erste Detektiv. »Vorhin hat Mr Train erwähnt, dass es im Camp unter anderem eine Eisenbahnwelt gibt. Darauf spielt diese Bemerkung an. Wenngleich ich mir, das muss ich gestehen, darunter nichts Konkretes vorstellen kann.«

»Das werdet ihr bald …«, setzte ihr Auftraggeber an.

»Schon klar!«, unterbrach Justus. »Das werden wir bald sehen, wenn wir erst mal beim Camp sind.«

»Warum soll ich auch viel erklären? Schaut es euch mit eigenen Augen an! Machen wir uns auf den Weg.«

»Aber vorher brauchen wir Verkleidungen«, warf Peter ein.

»Richtig«, stimmte Mr Train zu. »Ihr könnt nicht die einzigen Unverkleideten inmitten all der gewandeten LARP-Spieler sein. Heute ginge das ja noch, aber ab morgen ist es schlicht unmöglich. Da fallt ihr auf wie bunte Hunde. Und da die meisten von uns Verrückten auch beim Aufbauen bereits gewandet sind, wäre es auch jetzt am besten, schon verkleidet zu

Du bist von Seite 62 hierhergelangt.

gehen. Aber woher nehmen wir auf die Schnelle Kostüme für euch?«
»Auf dem Schrottplatz meines Onkels werden wir sicher einiges finden«, sagte Justus. »Nur, worauf genau müssen wir vorbereitet sein? Es könnte ja sein, dass wir außer in die Eisenbahnwelt noch in eine andere eintauchen müssen.«
»Was die Eisenbahnwelt angeht, kann ich euch ausstaffieren«, meinte Mr Train. »Ansonsten gibt es eine Welt des Horrors, verschiedene Zeitebenen wie Steinzeit, Mittelalter oder auch Zukunft, also ein Science-Fiction-Szenario, die Fantasywelt natürlich und …« Er winkte ab. »Wie gesagt: schlicht alles.«
Die drei ??? baten darum, kurz ungestört miteinander reden zu können, um ihr weiteres Vorgehen zu besprechen.
Justus wollte auf jeden Fall zum Schrottplatz gehen, um dort nach passenden Verkleidungen zu suchen. »Onkel Titus hat da diese Kisten aus einer Theaterauflösung bei seinem Lieblingsschrott. Dort werden wir sicher fündig.«
»Ich gehe mit«, ergänzte Peter. »Wenn wir in dieses Camp gehen, sollten wir aus der Zentrale das eine oder andere Gerät unserer Detektivausrüstung mitnehmen.«
Bob nickte. »Dann bleibe ich hier und versuche, von Mr Train noch etwas zu erfahren. Ich hätte da so einige Fragen aus der Abteilung *Recherchen und Archiv* …«

Wenn du mit zum Schrottplatz möchtest, lies auf Seite 121 weiter. Recherche und Archiv gibt's auf Seite 94.

Das Signal des Peilsenders kam deutlich beim Empfangsgerät an: Die Vampirin ging offenbar weiter, Geräusche wurden keine mehr übertragen. Die drei ??? folgten Mrs Yantigyna in sicherem Abstand immer tiefer in das Höhlensystem. Sie bewegte sich offenbar in einem menschenleeren Teil.

Doch schon bald stand der kleine Leuchtpunkt wieder still. Das hieß, dass die Verdächtige an einem Ort verharrte. Geräusche oder gar Gespräche waren nach wie vor nicht zu hören – von einem gelegentlichen Fiepen abgesehen. So beschrieb Peter es zumindest, wobei er nicht sicher war, ob er es besser als Krächzen bezeichnen sollte.

Die drei ??? warteten einige Zeit, doch als sich nichts tat, beschlossen sie, der Sache auf den Grund zu gehen. Sie schlichen näher. Bald standen sie vor einer Absperrung. »Ich kenne solche Barrikaden«, erklärte Peter. »Die sind häufig hier in den Höhlen. Sie hindern Besucher daran, in gefährliche Gänge vorzudringen.«

Die Campleitung hatte zusätzlich ein Schild angebracht, das klarstellte, dass der Bereich der Horrorwelt hier endete, der weitere Durchgang verboten war und andernfalls Lebensgefahr bestand.

»Also bis hierher und nicht weiter?«, fragte Bob.

Justus blickte auf das Display des Empfangsgeräts. »Unsere undurchschaubare Mrs Yantigyna ist weitergegangen. Darum sollten wir das auch tun. Was immer ihr Geheimnis ist … dort hinten werden wir es finden.«

»Hoffentlich«, sagte Peter, während der Erste Detektiv schon über die Absperrung kletterte. Er schrammte mit dem Nacken gegen die tiefe Decke des Gangs.

Du bist von Seite 11, 56 oder 134 hierhergelangt.

Dahinter war dieser nicht mehr erleuchtet. Die drei ??? blickten in völlige Finsternis.
Doch das schreckte Justus nicht. Jeder von ihnen trug eine Minitaschenlampe bei sich, nicht größer als ein Bleistift. Die dünnen Lichtstrahlen tanzten in der Dunkelheit und erhellten kleine Bereiche des nackten Felsens. Ein wenig Staub trieb in der Luft.
Peter hörte ein Klatschen, erschrak und verkrampfte sich. Erst als er das Bein zurückzog und tropfende Geräusche hörte, wurde ihm klar, dass er in eine Wasserpfütze getreten war. Er richtete den schmalen Lichtstrahl nach oben und entdeckte, dass sich dort an einigen Stellen Tropfen sammelten. Sie gingen weiter, näherten sich zusehends dem Peilsender. »Es sind nur noch etwa zehn Meter«, flüsterte der Zweite Detektiv seinen Freunden zu. Sie lauschten in die Dunkelheit. Nichts. Plötzlich hallte ein unheimliches, flatterndes Geräusch durch die Dunkelheit, begleitet von einem Schaben und Kratzen! Und gefolgt von dem fiependen Krächzen, das diesmal nicht nur Peter über den Kopfhörer, sondern auch seine Freunde in natura hörten.
Justus richtete den Lichtstrahl nach vorne. Der Gang wurde schmaler, verlief aber schnurgerade. »Wenn der Sender nur zehn Meter von uns entfernt ist«, stellte er fest, »müssten wir Mrs Yantigyna längst sehen!«
»Aber – das gibt's doch nicht«, meinte Bob.
»Und ob!«, sagte Justus verärgert. »Sie hat uns reingelegt! Ich bin mir sicher, dass sie den Sender entdeckt und einfach auf den Boden gelegt hat. Deshalb hat sich das Signal auch so lange nicht bewegt. Wir haben gewartet, während sie in aller

Ruhe getan hat, was sie eben tun wollte! Ihr werdet sehen, dort vorne irgendwo finden wir unser gutes Stück.«
Zum Verdruss der drei ??? behielt Justus recht. Der Sender lag am Boden. Sie entdeckten ihn nach einigem Suchen in einer kleinen Felsspalte in einer Seitenwand.
»Und jetzt?«, meinte Bob zerknirscht. »Wir sind so weit wie zu Beginn. Oder nein – schlechter dran. Sie weiß jetzt, dass wir sie verfolgen und sie verdächtigen.«
»Aber eins dürfen wir nicht vergessen«, sagte Justus. »Einen Vorteil haben wir. Wenn sie den Sender an dieser Stelle entdeckt und abgelegt hat, wollte sie eben doch genau hierher. Und ich glaube, ich weiß, warum!«
Peter schüttelte den Kopf. »Ich bin nicht so optimistisch wie du. Sie könnte den Sender auch schon viel früher entdeckt haben, dann völlig unsinnig in diesen abgesperrten Bereich gegangen sein und den Sender abgelegt haben. Die sitzt bestimmt gerade irgendwo und lacht sich ins Fäustchen, weil wir drei Trottel ihrer falschen Spur folgen!«
»Das könnte zwar sein, Peter – aber ich glaube an meine Version. Denk doch an unsere Aufgabe. Wir sollen den echten Vampir unter lauter falschen Vampiren finden! Dazu passt, was wir gehört haben!«

Was hat der findige Erste Detektiv nun wieder kombiniert? Ahnst du es? Auf Seite 112 wartet die Auflösung!

Du bist von Seite 89 hierhergelangt.

Mit Handschuhen, die er sich von ihrem Auftraggeber geliehen hatte, durchsuchte Bob das Zimmer, aus dem Mr Trains Frau entführt worden war. Von dem völligen Chaos dort abgesehen, fand er keine verwertbaren Spuren. Also folgte der dritte Detektiv Mr Train in den Keller.

Als wäre es das Selbstverständlichste der Welt, holte Mr Train dort einige Uniformen aus einem Schrank. »Damit geht ihr bestens als Schaffner durch.«

Bob musterte die graue Jacke. »Sieht altertümlich aus.«

»Die Eisenbahnwelt im Camp ist für alle Steampunk-Begeisterten«, sagte Mr Train, als würde das alles erklären.

»Äh … aha«, erwiderte Bob.

»Sie ist angelehnt an die Zeit der Industrialisierung im vorletzten Jahrhundert. Die große Zeit der Dampfmaschinen. Es geht um Männer, die noch Gentlemen waren, und um Frauen mit bauschenden Kleidern.«

Bob nahm eine schwarze Ledertasche entgegen, zu der ein klobiger Kasten gehörte, aus dem mehrere Metallröhren herausragten.

»Das ist ein Münzwechsler«, erklärte Mr Train mit leuchtenden Augen. »Schaffner haben am Platz kassiert und das Restgeld herausgegeben. Ganz anders als heutzutage.« Sofort verdüsterte sich sein Gesichtsausdruck wieder. »Ich muss an meine Frau denken. Hoffentlich geht es ihr gut.«

»Das hoffe ich auch«, versicherte Bob. »Am wichtigsten ist, dass wir sie befreien. Dazu müssen wir so viel wie möglich wissen. Haben Sie uns wirklich alles gesagt, Mr Train? Es gab keine anderen Drohungen oder Forderungen? Irgendwelche Anspielungen? Alles, was Ihnen außergewöhnlich vorkommt, kann wichtig sein, auch wenn es noch so nebensächlich zu sein scheint.«

Mr Train massierte sich mit den Fingerspitzen die Schläfen. »Da war nichts, ich bin mir völlig sicher.«

Sie gingen nach oben, mit den Uniformen und der Ledertasche über den Armen. Bobs Handy klingelte. Justus teilte ihm mit, dass sie einiges an Verkleidungen und Detektivausrüstung zusammengesucht hatten und nun mit Peters Wagen zum LARP-Camp fahren wollten.

Bob und Mr Train machten sich in dessen Buick ebenfalls auf den Weg. Mr Train klopfte während der Fahrt mit den Fingern unruhig auf das Lenkrad. Oft seufzte er.

»Wir werden alles tun, damit Ihre Frau freikommt«, versicherte Bob. »Darf ich Sie etwas fragen, Sir?«

»Klar.« Sie mussten an einer roten Ampel halten.

»Train – das ist doch nicht Ihr richtiger Name, oder? Ich habe zwar einige Briefe an diesen Namen addressiert gesehen, und da ist das Klingelschild an Ihrer Tür, aber …«

»Natürlich heißen wir nicht so! Aber unter diesem Namen treten wir als Mitveranstalter des Camps auf. Ein Künstlername, wenn du so willst.« Sie fuhren wieder los.

»Wie heißen Sie wirklich?«

»Spielt das eine Rolle?«

»Das weiß man nie«, sagte Bob. Es interessierte ihn einfach.

»Ich bin Charles Fleming, meine Frau heißt Skyler.«

Bald erreichten sie das Camp. Peters alter MG stand bereits dort. Mr Train parkte daneben.

Das Treffen der drei ??? gibt's auf Seite 40.

Du bist von Seite 22 hierhergelangt.

Mr Train lief im Zimmer auf und ab. Er flüsterte etwas vor sich hin, das nach »Meine Güte, meine Güte« klang. »Ihr dürft euch auf keinen Fall einmischen, damit meiner Frau nichts passiert!«

»Aber der Entführer ist noch da oben«, setzte Peter an. »Er muss hier vorbei, um …«

»Es gibt eine Feuerleiter außen am Haus«, erklärte Mr Train. »So ist er wahrscheinlich auch reingekommen. Ich … oh, meine Güte!« Er stützte sich an der Wand ab.

Im Obergeschoss wurde es still, doch es rumpelte außen am Haus … sicher von der Feuerleiter. Die drei ??? schauten aus dem Fenster und sahen, wie zwei vermummte Gestalten über das Grundstück eilten und eine dritte Person mit sich zerrten. Doch Details konnten sie nicht erkennen.

Justus las erneut die Nachricht, die der Entführer über die All-Post geschickt hatte. »Warten wir also ab«, sagte Justus zähneknirschend. »Sicher werden sie Lösegeld verlangen.«

»Ich … ich bin mir nicht sicher«, sagte Mr Train. Er seufzte. »Ich erzähle euch, was ich weiß. Nachher. Ich … ach, du meine Güte!« Er fuhr sich nervös durch die Haare. »Wenn ich gewusst hätte, dass sich das alles so zuspitzt! Geht schon mal vor ins Wohnzimmer, im unteren Stockwerk gleich rechts. Dort steht das Telefon. Ich komme gleich nach!«

Die drei ??? gingen nach unten und fragten sich, was es mit dieser Entführung samt Vampiren und Zwergen auf sich haben könnte.

Mehr darüber erfahrt ihr auf Seite 62.

Du bist von Seite 105 hierhergelangt.

Die vorgebliche Schaffnerin mit dem nahezu unaussprechlichen Namen Erinya Yantigyna ging ganz in ihrer Rolle auf, als sie zu Justus und Bob sagte: »Kollegen, der Besucheransturm heute ist erstaunlich. Wir müssen uns auf viel Arbeit einstellen!«
Es war seltsam, aus ihrem Mund die Bezeichnung ›Kollegen‹ zu hören, die die drei ??? gerne gegenseitig füreinander bei der Detektivarbeit benutzten; aber klar, im Spiel der Eisenbahnwelt waren sie Schaffnerkollegen. Bob ergriff sofort die Gelegenheit, nachzufragen. »Können Sie sich denn diesen Ansturm erklären, Kollegin? Ist heute etwas Besonderes vorgefallen?«
»Die erste Fahrt dieser erstaunlichen Dampfmaschine ist wohl besonders genug«, antwortete sie.
Da erst wurde Bob und Justus klar, dass sie sich gar nicht über die genaue Spielsituation in dieser Welt informiert hatten. Manchmal war es die Aufgabe der Spieler, ein Problem zu lösen oder auch einfach eine vorgegebene Situation weiterzuspielen und sich im Austausch überraschen zu lassen, wie sich alles weiterentwickelte.
Justus lachte und gab ganz den geschäftigen Schaffner. »Da kann ich Ihnen nicht widersprechen. Also sorgen wir für einen reibungslosen Ablauf! Sind denn Probleme bekannt geworden, liebe Kollegin? Etwas, das die erste Fahrt empfindlich stören könnte?« Die nächsten Worte dachte er nur, sprach sie aber nicht aus: Wie zum Beispiel eine Bombe?
»Echte Probleme nicht«, erklärte ihre Begleiterin, »doch der Kohlenkasten glänzt wohl nicht so sauber, wie er sollte. Als sei jemand hineingestiegen, um etwas von der Kohle zu stehlen, die wir doch so dringend brauchen, um das Feuer während

der weiten Fahrt am Brennen zu halten. Offenbar wurde er gestört und hat bei seiner Flucht Dreck hinterlassen.«
»Ein Problem, das sich mit einem gezielten Wasserstrahle wohl beseitigen ließe, meine Werteste«, sagte Bob.
Erinya und Justus schauten ihn an. »Übertreib's nicht«, zischte der Erste Detektiv ihm zu. »Wir sind Schaffner aus dem 19. Jahrhundert, keine überkandidelten Adligen aus dem Rokoko!«
»Oh«, machte Bob. »Sollen wir denn vor dem Start des Zuges selbst diesen Schmutz beseitigen?«
Dieser Vorschlag schien Erinya schon eher zu gefallen, brachte er doch das Rollenspiel voran. »Alles für die Gäste und die Eisenbahn«, sagte sie. »Sehen wir erst einmal überall nach dem Rechten und suchen dann nach Wasser, Eimer und Lappen. So ist es bei der Eisenbahn: Manches Mal muss man sich eben selbst die Hände schmutzig machen!«

Weiter geht's auf Seite 19.

Willkommen in Runde 3!

Die drei ??? liefen zur Mittelalterwelt. Dazu mussten sie zwei der großen Zelte passieren und das Gelände der Eisenbahnwelt, das sie am Vormittag kennengelernt hatten.

»Dass Erinya Yantigynas Name nicht auf der offiziellen Liste der Teilnehmer steht, wundert mich nicht«, sagte Justus. »Da sie offensichtlich tief in dieser ganzen Geschichte mit drinsteckt, hat sie bestimmt einen falschen Namen auf ihre Schaffneruniform geschrieben. Nichts leichter als das.«

»Fragt sich, wie sie wirklich heißt«, meinte Bob.

»Das werden wir bald wissen«, gab sich Peter überzeugt.

»Ach ja?«, fragte der Erste Detektiv.

Peter grinste. »Na, wenn wir den Fall gelöst haben. Denn die drei ??? sind auf der Siegerstraße, ist dir das nicht aufgefallen? Zwei Runden haben wir schon bestanden!«

Justus knetete seine Unterlippe. »Ich gebe zu bedenken, dass unsere Gegner die Aufgaben, die sie uns stellen, offensichtlich wie ein Rollenspiel aufteilen und spontan an die Ereignisse anpassen. Was möglicherweise auch bedeutet, dass die Aufgaben von Runde zu Runde schwieriger zu lösen sind.«

Sie erreichten den Eingang zur Mittelalterwelt. Er lag jenseits des großen Science-Fiction-Zelts, aus dem dröhnender Lärm hervordrang. Tiefe Töne wummerten, als würde ein gewaltiger Motor angeworfen. Die drei ??? scherten sich nicht weiter darum, sahen jedoch drei als Raumfahrer verkleidete Spieler aus dem Zelt kommen und lachen.

»Wie witzig«, kommentierte Bob. »Die Zukunft und die Vergangenheit liegen direkt nebeneinander, nur von einer Zeltplane getrennt.«

Du bist von Seite 34 hierhergelangt.

»Man könnte echt Spaß an dem Camp haben«, meinte Peter, »wenn wir nicht dauernd irgendwelche verrückten Aufgaben erfüllen müssten, um eine Entführte zu befreien.«
Sie betraten die Mittelalterwelt. Ein Ritter mit Ganzkörperrüstung und geschlossenem Helm stampfte auf sie zu. Er hielt ein Schwert in der Hand.
Bob ging zu ihm. »Entschuldigung!«
Der Ritter öffnete das Visier des Helms – und das Gesicht einer hübschen jungen Frau kam zum Vorschein. »Was willst du, Knappe?«
Mit diesem Anblick hatte Bob nicht gerechnet. »Äh, also, der Sangeswettstreit … ich … möchte teilnehmen.«
Die Spielerin hob das Schwert, das eindeutig aus Plastik bestand, und richtete die Spitze auf Bob. »Mich dünkt, dir fehlt die nötige Schlagfertigkeit! Gestottere wie das deine wird dir nicht zum Sieg verhelfen.«
»Doch singt er wie eine Nachtigall«, versicherte Justus.
Der weibliche Ritter grinste. »Na, das würde ich zu gern hören, doch mich treiben andere Pflichten. Folgt eurer Nasenspitze und ihr werdet Walther finden, bei dem ihr euch anmelden könnt.«
»Oh, nur unser Freund fühlt sich zum Sänger berufen«, versicherte Justus. »Nicht wahr, Peter? Uns beide rufen genau wie Euch andere Pflichten.«
»Wohlan, so sei es!« Sie klappte das Visier zurück und eilte davon.
»Und welche Pflichten rufen uns?«, fragte Peter.
»Wir inspizieren erst einmal diese Mittelalterwelt«, antwortete der Erste Detektiv, »und suchen nach Erinya. Später können

wir dann den Wettstreit von außen im Auge behalten, während sich Bob als Sänger versucht. Viel Glück, Kollege.«

»Und wieso ausgerechnet ich?«, fragte Bob.

»Weil du der Musikalischste von uns dreien bist … und weil du eben gesagt hast, dass du teilnehmen willst. Keine Angst, wenn es die Lage erlaubt, werden wir dich selbstredend nach Kräften unterstützen.«

»Wie beruhigend«, sagte der dritte Detektiv und ergab sich in sein Schicksal.

Auf Seite 130 gehst du mit Bob zum Sangeswettstreit. Auf Seite 75 begleitest du Justus und Peter bei ihrer Erkundungstour.

Du bist von Seite 55 hierhergelangt.

Justus war der Erste, der sich um den Mann kümmerte, der plötzlich aufgeschrien hatte. Das Opfer des Mönchs lag auf dem Boden, presste sich die Hände auf den Bauch und wand sich in Krämpfen.
Dann übergab sich der Mann. Sicher ein gutes Zeichen – vielleicht kam das Gift mit heraus. Mehrere Leute sprangen auf und redeten wild durcheinander. Justus behielt die Nerven, zog sein Handy und wählte die Nummer des Notarztes auf dem LARP-Camp, die er glücklicherweise in sein Handy eingegeben hatte. Nun war schnelle Hilfe am wichtigsten!
Der Arzt kam rasch, untersuchte das Opfer des Mönchs und kam zu dem Schluss, dass es sich um eine zwar heftige, aber wohl nur kurzzeitige Magenverstimmung handelte. »Wahrscheinlich haben Sie etwas Falsches gegessen hier irgendwo unter diesen primitiven Bedingungen!« Er rümpfte die Nase und machte eine umfassende Handbewegung. »Über dem Lagerfeuer gegrillt, keine ausreichenden Kühlmöglichkeiten, das ist doch …«
»Mittelalter, eben«, ächzte sein Patient. »Da kommt so was schon mal vor. Nicht weiter schlimm. Ich gehe ins Hotel, schlaf mich eine Runde aus und bin morgen wieder fit! Nur den Wettstreit werde ich nun leider verpassen.«

Weiter auf Seite 79.

Die drei ??? verbrachten eine weitere unruhige Nacht und fühlten sich noch unausgeschlafener als am Vortag, als sie sich am nächsten Morgen schon um sieben Uhr bei Justus zu einem raschen Frühstück trafen.

»Ihr seht ja furchtbar aus!«, meinte Tante Mathilda, die im Bademantel zu ihnen an den Esstisch kam.

»Danke«, knurrte Justus. »Dieses herzliche Kompliment gebe ich aber nicht an dich zurück. Hast du nicht irgendwas, das uns aufmuntern könnte?«

Mathilda Jonas verschwand kurz in der Küche, um schon nach wenigen Sekunden zurückzukehren. »Aber sicher!« Sie trug eine Kuchenplatte, über der sich ein undurchsichtiger Deckel wölbte. »Lasst es euch schmecken!«

»Ein Kirschkuchen ist immer das Richtige, wenn …«, setzte Peter an, sprach den Satz aber nicht zu Ende.

Tante Mathilda lüpfte nämlich den Deckel. »Wenn es Kirschen gibt. Diesmal musste ich auf Bananen ausweichen.«

Die drei ??? griffen trotzdem zu. Zum Glück zog sich Justus' Tante bald noch einmal ins Bett zurück, sodass sie ungestört über den Fall sprechen konnten.

»Ich möchte zu gern wissen, was wir in dieser Science-Fiction-Spielwelt tun müssen«, sagte Peter. »*Löst die Aufgabe.* Was soll das heißen, *die Aufgabe*? Noch unkonkreter geht's ja wohl nicht.«

»Das werden wir herausfinden!«, gab sich Justus überzeugt. »Immerhin war es mit dem Versprechen verbunden, dass Mrs Train freigelassen wird, wenn wir es schaffen.«

»Kommt euch das nicht auch seltsam vor, wie sich alles entwickelt hat?« Bob stocherte in seinem Kuchenstück herum.

Du bist von Seite 12 oder 32 hierhergelangt.

»Am Anfang sah es nach einer normalen Entführung aus, und dann ist diese Rallye daraus entstanden, als würde es unseren Gegnern Spaß machen, uns von einer Aufgabe zur nächsten hetzen zu sehen. Was bringt ihnen das?«

Justus nickte anerkennend. »Sehr gute Frage, Kollege! Fast, als hätten uns die Entführer von Anfang an eingeplant. Was aber nicht sein kann. Offenbar haben sie gut improvisiert, als wir uns eingemischt haben. Beziehungsweise als Mr Train uns engagiert hat.«

»Es ist alles mehr als seltsam«, sagte Peter. »Aber das ist ja unsere Spezialität. Mit ganz normalen Kriminalfällen haben wir es irgendwie nie zu tun.«

»Und was soll das sein, Zweiter, ein ganz normaler Kriminalfall? Jedes Verbrechen hat seine Besonderheit. Das ist ja das Spannende!« Justus stopfte sich das letzte Kuchenstück in den Mund. »Und jetzt auf! Wir sollten heute Morgen mal Mr Train über alles informieren, wenn wir ihn finden. Schon merkwürdig, dass er sich gestern so gar nicht hat blicken lassen, selbst wenn er sicher viel mit der Camporganisation zu tun hatte, meint ihr nicht? Und dann müssen wir uns kostümieren, die hoffentlich letzte Spielrunde wartet auf uns …«

Weiter auf Seite 81.

Willkommen in Runde 1!

Unausgeschlafen trafen sich die drei ??? am frühen Morgen wieder und fuhren mit Peters Wagen pünktlich zur Eröffnung zum LARP-Camp. Dort herrschte bereits hektische Betriebsamkeit. Die Schlange der Spieler, die zum Kassenhäuschen strömten, wurde mit jeder Minute länger. Ausnahmslos jeder kam *gewandet*, wie sie es nannten – eben in Verkleidung. Meistens war auf den ersten Blick sichtbar, wer in welcher Welt mitspielen würde. Vom Steinzeitmenschen über das Burgfräulein bis zum Außerirdischen oder dem Mann im edlen Frack des 19. Jahrhunderts war alles vertreten.

Ein beeindruckendes Schauspiel, das mussten die drei ??? zugeben, die sich in ihrer Schaffnerkluft nicht sonderlich wohlfühlten. Es zwickte und zwackte überall. Sie zeigten ihre VIP-Tickets und erkannten die rothaarige Myrna, die sie schon am Vortag begrüßt hatte. Sie reckte ihnen den Daumen entgegen, und ein Ordner winkte sie durch.

Im eigentlichen Camp verteilten sich die Spieler, sodass das Gedränge nicht mehr ganz so dicht war. Als sich die drei ??? sicher genug fühlten, dass ihnen niemand zuhörte, besprachen sie sich auf dem Weg zur Eisenbahnwelt.

»Wir müssen alles dransetzen, die Bombe zu finden.« Justus schaute auf die Uhr. »Unser Gegner hat geschrieben, dass das Spiel, wie er es nennt, eine Stunde nach der Eröffnung beginnt. Das wäre also in zehn Minuten, um neun Uhr.«

»Ab dann tickt hier eine Bombe«, zitierte Bob das, was noch auf dem Zettel stand, den sie am Vorabend an der Lokomotive gefunden hatten. »Was wohl bedeutet, dass eine Art Countdown startet. Ein Zeitzünder.«

Du bist von Seite 40 hierhergelangt.

»Leute … eine Bombe«, sagte Peter. »Je länger ich darüber nachdenke, umso mulmiger wird mir zumute. Das ist echt übel. Wenn wir versagen, geht hier eine Bombe hoch. Das ist eine Nummer zu groß für uns!«
»Auf dem Zettel stand, dass wir keine Polizei alarmieren dürfen«, gab Justus zu bedenken. »Wir schaffen das! Und dass es überhaupt eine Nachricht gibt, beweist, dass die Entführer eigentlich keine Bombe zünden wollen. Würden sie es uns sonst ankündigen? Die wollen mit uns spielen.«
»Für mich ist das ein ganz übles Spiel!«, sagte Peter. In diesem Moment rempelte ihn jemand an. Die verkleidete Gestalt eilte einfach weiter. Sie trug einen erdfarbenen Mönchsumhang und eine Kapuze, die den ganzen Kopf bedeckte – von hinten war nicht mal zu erahnen, ob es sich um einen Mann oder eine Frau handelte. »Frechheit«, murmelte der Zweite Detektiv vor sich hin.
Plötzlich nestelte Bob am Ärmel von Peters Uniformjacke. »Der Kerl hat dich nicht einfach angerempelt! Schau dir das an. Das hat er hinterlassen!« Der dritte Detektiv hielt einen Klebezettel in der Hand. »Ich lese es euch vor: *Das Spiel beginnt bald! Welches Geheimnis birgt die Dampfpfeife?*«
Die drei ??? hielten nach dem Mönch Ausschau, doch der war in der Menge der Leute längst untergetaucht. Trotzdem machten sie sich auf die Suche und wurden tatsächlich fündig. Auf einer Sitzbank am Rand der Eisenbahnwelt lag die Mönchskutte. Sie hing halb auf den Boden.
Justus ließ sich auf die Bank fallen. »Das heißt, dass er darunter eine andere Verkleidung getragen hat.« So etwas hatte er befürchtet. Wenn auf einem riesigen Gelände jeder irgend-

eine Verkleidung trug, konnten Verbrecher leicht untertauchen, indem sie in eine andere Rolle schlüpften. Da half es auch gar nichts, nach einem Vampir oder einem Zwerg zu suchen … den beiden Gestalten, mit denen Mr Train im Vorfeld Probleme gehabt hatte.
»Dann lasst uns jetzt herausfinden, was eine Dampfpfeife ist«, sagte Bob. »Hat jemand eine Idee?«
Peter deutete zu der Lokomotive, die das Herz dieser Spielwelt bildete. »Ganz einfach. Das ist eine Dampflokomotive. Und die hat eine Dampfpfeife. Sie gibt das typische Pfeifen ab, wie man es heute noch bei Schiffen hört oder eben früher bei Zügen gehört hat. Um sie zu untersuchen, müssen wir nur auf die Lok klettern.«
»Einfach so da hochklettern?«, fragte Bob skeptisch. »Na, da werden einige Leute dumm schauen.«
»Wenn wir dafür eine Bombe entschärfen können, lohnt sich das!« Peter wollte bereits loseilen.
»Ich glaube nicht, dass es schon um die Bombe geht«, gab der Erste Detektiv zu bedenken. »Das wäre viel zu einfach.«
Die drei ??? konnten nicht weiter nachdenken. Eine ebenfalls als Schaffnerin gewandete Frau kam zu ihnen. Sie mochte etwa vierzig Jahre alt sein und trug ein Namensschild auf der Uniform. Demnach trug sie den ungewöhnlichen Namen Erinya Yantigyna. »Schön, dass ich Sie treffe, meine Herren! Ihr Dienst beginnt. Bitte folgen Sie mir in den Zug.«
»A-aber …«, setzte Justus matt an.
»Ich kann nicht alle Reisenden alleine abfertigen«, sagte die Rollenspielerin. »Also bitte, begleiten Sie mich.«
»Wir haben etwas Dringendes zu tun!«

Die Frau verdrehte die Augen. »Realität«, sagte sie genervt. Die drei ??? wussten, was das zu bedeuten hatte: Mit dieser knappen Ankündigung verließen LARP-Spieler kurzzeitig ihre Rolle und wurden wieder sie selbst – etwas, was während eines Spiels gar nicht gern gesehen war. »Hört mal, ihr seid hier im Rollenspielcamp, es hat gerade erst angefangen und ihr wollt nicht mitspielen? Geht's noch?« Sie tippte sich mit einer eindeutigen Geste an die Stirn. Mit dem nächsten Satz fiel sie wieder in ihre Rolle zurück. »Wohlan, meine Herren, es wird Zeit, den Dienst anzutreten!« Dabei ging sie recht rabiat vor und packte Justus und Bob, die ihr am nächsten standen.
Justus ergab sich scheinbar in sein Schicksal. »Einverstanden, Ma'am!«, sagte er mit näselnder Stimme, die durchklingen ließ, dass es ihm irgendwie auch Spaß machte. Immerhin war die Schauspielerei eine seiner Leidenschaften. »Dann bringen wir mal in Erfahrung, wie es den Passagieren so geht und ob es etwas Neues gibt in unserem Zug! Kollege Shaw hingegen muss eine Wartung der Lokomotive vornehmen, damit wir uns auf eine sichere Reise begeben können!«
Peter stutzte. »Äh … natürlich!« Dann stand er allein da.

Mit Justus und Bob ins Rollenspiel und damit zur Recherche über die Eisenbahnwelt geht es auf Seite 97.
Du willst mit Peter zur Dampfpfeife? Auf zu Seite 85!

»So hold und ergreifend die Traurigkeit der Nachtigall auch sein mag«, sagte Bob und verneigte sich ehrfurchtsvoll in Amalias Richtung, »so will ich euch doch fesseln mit dem Lied über das Unheimliche, dem ich begegnete. Es hat mich gelehrt, das Leben mit anderen Augen zu sehen, denn Abenteuer warten überall!«

Du bist von Seite 130 hierhergelangt.

Bob schaute sich rasch um und bemerkte erleichtert, dass er seine Worte offenbar gut gewählt hatte. Die Zuhörer hingen an seinen Lippen. Ermutigt machte er weiter und improvisierte ein Lied auf einen Sprechgesang, während er einen raschen Rhythmus auf seinen Oberschenkel klopfte.

»Ein Totenkopf, der sprach zu mir!
Ein Werwolf ist ein höllisch' Tier!
Ich hörte von Feuer auf den Fluten
und von Bildern, die bluten!«

Zum Glück erinnerte er sich ohne Mühe an einige unheimliche Fälle und Spukgeschichten, mit denen es die drei ??? im Laufe ihres Detektivdaseins zu tun gehabt hatten. Er konnte aus dem Vollen schöpfen, hatten sie doch angebliche Poltergeister, Vampire, tanzende Teufel und allerlei sonstige abenteuerliche Gestalten in Hülle und Fülle erlebt.

Mit dieser gesungenen Erzählung zog er das Publikum in den Bann, und ebenso, als er von manch heldenhaftem Kampf berichtete, den die drei ??? ausgefochten hatten, wie er es nannte. Dabei schrieb er all die Heldentaten dem sagenhaften König Artus und den Rittern seiner Tafelrunde zu. Als er endete und sich tief verneigte, applaudierte sogar Amalia.

Walther stellte sich neben ihn und winkte das Mädchen ebenfalls zu sich. »Nun sagt mir, werte Schar, die ihr den beiden

Sängern gelauscht habt – wem schenkt ihr eure Gunst? Der Nachtigall und ihrer Trauer, die das Herze rührt … oder Andrew dem Dritten, der das Loblied auf das Abenteuer gesungen hat?«

Einige klatschten für Amalia, doch eindeutig mehr für Bob, der damit seinen ersten Sieg im Sangeswettstreit errungen hatte.

»So steht das Abenteuer über der Traurigkeit!«, rief Walther. »Wohlan, es warten noch mehr Sänger darauf, euch zu erfreuen! Andrew werdet ihr später wieder hören!«

Bob zog sich zurück, um sich auf seinen nächsten Auftritt besser vorzubereiten, während andere sangen, tanzten und sogar jonglierten. Er legte sich weitere spannende Details und verrückte Begebenheiten aus alten Fällen der drei ??? zurecht, die er beim nächsten Vortrag präsentieren würde.

Als er wieder antrat, begann er mit der Ankündigung, von ungeheuerlichen und sonderbaren Tieren berichten zu wollen. Danach sang er von der singenden Schlange, der silbernen Spinne und dem unsichtbaren Karpatenhund. Wieder siegte er triumphal, und beim dritten Mal, als er gruselige Gemäuer besang, ebenso.

So kam Bob Andrews alias Andrew der Dritte ins Finale des Sangeswettstreits … doch da lief alles anders als gedacht.

Weiter auf Seite 79.

Du bist von Seite 55 hierhergelangt.

Der Mönch duckte sich und warf sich zur Seite. Peters Hand umkrallte den Stoff der Kapuze, doch er rutschte ihm durch die Wucht aus den Fingern. Trotzdem konnte er den Kopf desjenigen sehen, der den Mann am Lagerfeuer vergiftet hatte. Eins stand auch in der Dunkelheit fest, in der Peter nur Schemen erkennen konnte – das war nicht Erinya Yantigyna!
Der Zweite Detektiv schnappte sich seine Minitaschenlampe und leuchtete dem anderen ins Gesicht. Diesen Mann hatte Peter noch nie gesehen. Er hatte kurze, braune Haare und eine auffällig lange Nase.
Der angebliche Mönch reagierte völlig anders als erwartet. Er starrte Peter an. »Was fällt dir ein, mich anzugreifen? Hast du sie noch alle?«
Peter behielt die Nerven. »Wieso haben Sie einen Teilnehmer am Sangeswettstreit vergiftet?«, fragte er mit scharfer Stimme.
Die Augen des anderen weiteten sich. »Was?«
»Lassen Sie das! Wir haben Sie genau beobachtet.«
»Ich glaube, du spinnst!« Er drehte sich um und machte ein paar Schritte.

Was soll Peter nun tun? Den anderen erst einmal ziehen lassen und ihn dann unauffällig beschatten? Auf zu Seite 32.
Oder den Mann direkt verfolgen und versuchen, ihn festzuhalten? Dann lies weiter auf Seite 52.

Du bist von Seite 91 hierhergelangt.

»Was soll wozu passen?«, fragte Bob. »Es wäre prima, erlauchter Obervampirjäger und Killer düsterer Wesen, wenn Ihr uns an Eurer erlauchten Weisheit teilhaben ließet!«

»Spar dir den Spott und denk lieber mal nach«, erwiderte Justus ungerührt. »Ich habe mir die ganze Zeit den Kopf über diese verrückte Forderung zerbrochen: Wir sollen einen echten Vampir in der Horrorwelt finden.«

»So weit können wir dir folgen«, versicherte Peter. Er leuchtete mit der Lampe in den immer enger werdenden Gang. Um weitergehen zu können, musste er sich bücken. »Und du glaubst, dort hinten werden wir fündig? Weil dort Graf Dracula höchstpersönlich von den Gründern von Rocky Beach eingemauert wurde?«

»Peter«, sagte der Erste Detektiv tadelnd. »Denk doch nach. Ein echter Vampir? Flügelschlagen? Fiepende Geräusche?«

Der Zweite Detektiv musste inzwischen auf allen vieren weiterkriechen. »Ihr kommt mir doch nach, oder?«

»Das lasse ich mir auf keinen Fall entgehen«, versicherte Justus.

Peter fühlte die Kälte des Gesteins durch seine Kleidung. So ein Vampirkostüm zeichnete sich nicht gerade dadurch aus, dass es besonders warm war. Kein Wunder, froren Untote doch nicht. Er steckte das Ende der Bleistiftlampe in den Mund und leuchtete so nach vorne. Der Lichtstrahl zitterte bei jeder Bewegung.

Und mit einem Mal blitzten rote Augen in der Schwärze!

Peter entfuhr ein kurzer Schrei – was dazu führte, dass die Lampe auf den Boden fiel und das Licht ausging. »Ach verflixt«, fluchte er leise vor sich hin.

Justus reichte ihm seine Lampe vor. »Wie ich es mir gedacht habe«, sagte der Erste Detektiv, der sich bemühte, an seinem Freund vorbeizuschauen. »Ein großer Käfig mit engen Gittermaschen!«
»Ein Käfig?«, fragte Bob, der als Letzter herankroch. »Aber was …« Er sprach nicht weiter, weil er in diesem Moment genauso begriff wie Peter. »Natürlich! Ein echter Vampir unter all den falschen!«
»Die Tiere unter den Sagengestalten!«, meinte Justus triumphierend. »Desmodontinae oder auch Vampirfledermäuse! Sie gehören zur Familie der Blattnasen und ernähren sich ausschließlich vom Blut anderer Säugetiere. Als einzige Tiergruppe übrigens! Es gibt den Gemeinen Vampir, den Kammzahnvampir und den Weißflügelvampir. Mit welcher Art wir es hier wohl zu tun haben?«
Bald erreichte Peter den Käfig. Die Vampirfledermaus kauerte nun ängstlich in einer Ecke ihres Gefängnisses und fiepte. »Na, dieses Rätsel kann ich lösen. Da die Flughäute weiße Ränder haben, wird es sich wohl um einen Weißflügelvampir handeln. Nicht gerade das, was ich mir im Wohnzimmer halten möchte.«
»Da würde sich diese kleine Bestie auch nicht wohlfühlen«, sagte Justus. »Sie liebt die Dunkelheit. Und wir sollten diesem Tier die Finsternis gönnen und es außerdem sofort freilassen. Das ist ja Tierquälerei. Passt auf, Kollegen!«
Justus drängte sich neben Peter, nestelte an dem Käfig und konnte ihn öffnen. Sofort flatterte die Fledermaus ins Freie und zischte an den drei ??? vorbei.
»Und jetzt lasst uns auf die Suche gehen!«, sagte Justus.

»Was willst du finden?«, fragte Bob hinter ihm.
»Na, die neue Botschaft unserer Gegner. Denn die ist hier garantiert versteckt. Was immer sie mit dem ganzen Spiel bezwecken … es wird nicht an dieser Stelle enden.«
Peter hob den Käfig an und wurde sofort fündig. »Tatsächlich, ein neuer Zettel! Dann lasst uns jetzt bitte erst mal den Rückzug antreten, mir sterben in dieser Haltung gleich die Beine ab.«
Rückwärts krochen sie hintereinander aus dem engen Gang hinaus. Als sie gerade wieder alle aufrecht stehen konnten, erklang ein Schrei. Er hallte aus dem Spielbereich der Höhle auf sie zu.
»Wo kommt die Fledermaus her?«, rief jemand. Eine andere Stimme brüllte hysterisch: »Die wollte mich beißen! Das ist ja wohl kein Spaß mehr! Schaut euch das an.« Eine Frauenstimme erwiderte deutlich entspannter: »So ist das eben mit Vampiren in einer Monsterhöhle.« Und ein Mann ergänzte: »Monsterjäger, herbei! Lasst euch diesen Fang nicht entgehen!« Dann wieder die hysterische Stimme: »Und was ist mit meiner Bisswunde?« »Das ist höchstens eine Kratzwunde. Schade eigentlich. Sonst hättest du mich jetzt auch zum Vampir beißen können. Aber komm, wir lassen dir Van Helsings Heiltinktur anmischen.« Damit entfernten sich die Stimmen.
Die drei ??? tauschten überraschte Blicke. Damit hatten sie nicht gerechnet, als sie das arme Tier freigelassen hatten. Hoffentlich gab das keinen Ärger.
Justus fing sich als Erster wieder. »Okay, Peter, und jetzt lies die Nachricht vor.«
Der Zweite Detektiv folgte der Aufforderung. »Wieder hand-

geschrieben«, erklärte er. »Hastig hingekritzelt. Ich kann's kaum lesen. Moment ... so: *Ihr seid raffinierte Burschen! Aber wir lassen uns nicht so leicht austricksen. Weiter geht es im Mittelalter. Gewinnt den Sangeswettstreit, sonst geht es der Entführten übel. Und wagt es nicht, mich noch einmal zu verwanzen, sonst ...*«

»Sonst – was?«, fragte Bob. »Nun lies schon weiter!«

»Da steht nichts mehr. Die eigentliche Drohung hat sie weggelassen. Mensch, was bringt uns das jetzt?«

»Wir wissen immerhin, dass Erinya Yantigyna tatsächlich mit drinsteckt! Und da sie uns wahrscheinlich nicht aus den Augen lassen wird, müssen wir umgekehrt genau auf sie achten.«

Justus lachte triumphierend. »Aber zunächst, Kollegen, sollten wir feiern – die drei ??? haben die zweite Runde gewonnen!«

Gratulation, du hast Runde 2 bestanden!
Auf Seite 34 bereitest du dich auf Runde 3 in der Mittelalterwelt vor!

Du bist von Seite 30 hierhergelangt.

Die Spieler schleppten den inzwischen gefangenen Gestaltwandler weg, der hin und wieder einen Schrei ausstieß.
Die drei ??? waren total verwirrt – was war Spiel, was war echt? Und wie konnte Mrs Yantigyna die entführte Mrs Train sein? Sie hatte sich doch die ganze Zeit über frei im Camp bewegt! Oder war das immer die Zwillingsschwester gewesen? Aber bei dieser Spielrunde im Science-Fiction-Zelt hatten doch offensichtlich beide mitgemacht …
Plötzlich lachten Mr Train und seine Frau. Die Angst und Verblüffung waren aus ihren Gesichtern wie weggewischt.
»Gut gemacht!«, sagte Mrs Yantigyna. Oder Mrs Train. Oder wer auch immer sie sein mochte.
»Was heißt hier gut gemacht?«, entfuhr es Peter verblüfft. »Das ist alles, was Sie zu sagen haben? Wer sind Sie? Was für ein Spiel spielen Sie mit uns?«
Sie winkte ab. »So viele Fragen? Wartet nur ab. Ihr werdet die Antworten bekommen!« Sie schaute auf die Uhr. »In zehn Minuten ist es so weit.«
Justus warf einen raschen Blick auf seine eigene Uhr. 9.50 Uhr am Vormittag. Was stand zur vollen Stunde an?
»Aber vorher«, meinte Erinya Yantigyna, »will mein Mann mit euch sprechen.«
»Das darf doch nicht wahr sein«, sagte Justus, der in diesem Augenblick alles durchschaute. »Das Ganze war von vornherein ein abgekartetes Spiel!«
Mr Train grinste breit. »In der Tat.« Er schien sehr zufrieden zu sein. »Und es hat bestens funktioniert. Ihr nehmt mir das doch nicht übel? Es ist ein spektakuläres LARP-Wochenende und ihr habt eure Rolle perfekt gespielt. Was für eine fantas-

tische Show! Grandios! Das wird sich weit herumsprechen. Danke!«
Der Erste Detektiv atmete tief durch, um sich zu beruhigen. Es gefiel ihm ganz und gar nicht, dass er mit seinen Freunden von ihrem Auftraggeber so an der Nase herumgeführt worden war. »Was passiert um zehn Uhr, Mr Train? Haben Sie deshalb vorhin so hektisch auf die Uhr geschaut, weil Ihnen die Zeit davonlief?«
»Genau deshalb«, gab Mr Train zu. »Aber ihr habt den Fall noch rechtzeitig gelöst. Herzlichen Dank.«
»Um zehn Uhr werden eine Menge Journalisten auftauchen, richtig?«, fragte Bob, der ebenfalls begriffen hatte, wozu ihr feiner Auftraggeber sie benutzt hatte.
»Ganz genau! Und sie werden erfahren, was während der ersten Runden im Camp alles vorgefallen ist. Eine angebliche Bombe, die für Furore sorgte … ein ›echter‹ Vampirangriff in der Horrorwelt … ein virtuoser Sangeswettstreit – bei dem es auch noch zu einer Vergiftung kam – und drei Detektive, die alles darangesetzt haben, meine arme, entführte Frau zu befreien! Eine Zeit lang hat das sehr echt ausgesehen, nicht wahr? Das war eine große Aufregung, gerade durch euch. Eine tolle Geschichte! Die Reporter werden sich darauf stürzen! Das war eine perfekte LARP-Runde, wie es sie noch nie gegeben hat. Niemand ist zu größerem Schaden gekommen, die kleine Kratzwunde und die Magenverstimmung sind schon wieder geheilt. Wenngleich ich natürlich nicht eingeplant hatte, dass Leute tatsächlich verletzt würden durch die Fledermaus.«
»Die Entführung war also von Ihnen inszeniert?«, fragte Peter. »Einschließlich der Verwüstung in Ihrem Haus?«

»Das war es wert«, sagte Mr Train locker.

»Jetzt begreife ich auch, wieso sich Mrs Train – oder Mrs Yantigyna oder wie auch immer – so leicht hat über die Feuerleiter entführen lassen.«

»Wir sind Charles und Skyler Fleming«, sagte die vermeintliche Erinya Yantigyna. »Meine Zwillingsschwester Angelika habt ihr ja kurz kennengelernt. Sie war übrigens mit euch in der Horrorhöhle. Die Schaffnerin war ich.«

»Und das alles nur für ein paar Zeitungsberichte über das Camp?«, fragte Peter.

Mr Train alias Charles Fleming senkte die Lautstärke, obwohl sich die feiernden Rollenspieler kaum darum scherten, was sie besprachen. »Es geht nicht nur um …«

»Lassen Sie mich raten«, unterbrach Justus. »Das erste Wochenende des Camps ist zwar ausverkauft, aber danach sieht es nicht mehr so gut aus. Sie haben übertrieben, als sie uns berichteten, dass bereits viele Wochenenden ausverkauft wären!«

»Und zwar nicht nur ein bisschen übertrieben«, sagte Mr Train zerknirscht.

»Sie hatten also Angst, dass die Besucherzahl zu stark abnimmt und Sie am Ende womöglich Verluste machen!«

»Das wäre ein Desaster!«, ereiferte sich ihr Auftraggeber. »Aber nun werden sich die Berichte in den Medien verbreiten und viele Rollenspieler anlocken. Das ist genau der richtige Stoff! Dank euch und eurem Einsatz. Die Bombe, die Entführung, das Rätselspiel – das war einfach fantastisch! Und dann noch diese verrückte Sache mit der übereifrigen Mutter, die einen Konkurrenten vergiftet hat! So schlimm das war … das sorgt für Furore! Da war doch mal das Glück mit dem Tüchtigen.«

»Aber wieso haben Sie uns nicht einfach von Anfang an eingeweiht?«, fragte Bob. »Wir hätten doch auch so mitgespielt.«
»Ihr solltet eure Rollen so echt wie möglich ausfüllen. Das mit dem Finale der Entführung und der Enttarnung des Gestaltwandlers hätte sonst nie so echt gewirkt!« Mr Train blickte erneut auf die Uhr. »Gleich geht der Medienrummel los. Werdet ihr mitspielen und sagen, wie aufregend alles war? Ja, ich habe euch reingelegt, aber …«
»Es war ein Gentlemanverbrechen«, gab Justus geknickt zu. »Ein raffiniertes Spiel, für das Sie unsere Hochachtung verdienen. Niemand ist zu Schaden gekommen. Wir spielen vor der Presse mit, auch wenn wir wie Trottel dastehen.«
»Aber ganz und gar nicht! Ihr werdet als tolle LARP-Spieler gefeiert, da bin ich sicher. Das ist es doch, was die Spieler erwarten – das Unerwartete! Überraschungen! Verzwickte Wendungen! Verrückte Erlebnisse!« Er geriet geradezu in Verzückung.
Bob, dessen Vater für die Zeitung arbeitete, sah schon die Schlagzeilen vor sich: »Echter Nervenkitzel beim LARP«, oder: »Bombenentschärfung im Camp, um Entführungsopfer zu befreien!« Darauf würden die Leute anspringen, da war er sicher.
Nur wenig später waren die drei ??? und Mr Train tatsächlich von Journalisten umringt und erzählten die Geschichte einer ebenso gespielten wie verrückten Entführung. Irgendwie gefiel es ihnen sogar, derart im Mittelpunkt zu stehen, und tatsächlich machte sich niemand über sie lustig. Sie wurden sogar nach alten Fällen ihrer Detektivkarriere gefragt. Das konnte nichts schaden, fand Bob, der gleichzeitig überlegte, ob der aktuelle Nicht-Fall überhaupt in sein Archiv gehörte.

Plötzlich aber entstand Tumult im Eingangsbereich des Camps, und Leute rannten aufgeregt umher. Offenbar zog die Geschichte um die angebliche Entführung noch ihre Kreise.

Sollen die drei ??? herausfinden, was es mit der Unruhe auf sich hat? Auf zu Seite 28.
Oder sollen sie ihren Job bei den Journalisten professionell zu Ende bringen? Dann zu Seite 139.

Du bist von Seite 89 hierhergelangt.

Justus und Peter schoben Kisten und Kästen beiseite und die Frustration des Ersten Detektivs nahm von Minute zu Minute zu. »Ich bin mir sicher, dass die Theatersachen hier in der Hütte auf dem Schrottplatz lagern«, sagte er.

»Vielleicht hat dein Onkel sie verkauft«, meinte Peter.

In der offenen Tür tauchte plötzlich Tante Mathilda auf. Sie trug einen großen Pappkarton, mindestens einen halben Meter hoch und genauso breit. »Wie gut, dass ihr da seid! Ich brauche dringend eure Hilfe.«

»Worum geht's?«, fragte Justus.

»Erst mal könnt ihr mir bei diesem unhandlichen Riesenpaket beistehen!«

Peter eilte zu ihr, schnappte es sich und war erstaunt, wie leicht es war. »Was ist da drin?«

»Geschredderte Uraltakten aus dem Büro für den Müll.«

»Schon so gut wie erledigt«, versprach Peter, während er das Paket erst noch einmal abstellte.

»Und danach muss der Schrottplatz mal wieder aufgeräumt werden!«, forderte Tante Mathilda.

»Wir sind gerade an einem Fall dran«, erklärte Justus. »Danach stehen wir gern zur Verfügung.«

»Hm«, machte Mathilda wenig erfreut. »Ich habe schon eine Menge Zeug selbst hin und her geschoben, um Platz für all den Kram zu schaffen, den Titus wieder angekauft hat. Man müsste einiges einfach mal wegwerfen!«

»Sind dir dabei vielleicht die Kisten mit den Sachen aus der Theaterauflösung untergekommen?«, fragte Justus.

»Dieses furchtbare flohzerfressene Zeug!« Mathilda verdrehte die Augen. »Ich hab's mit Titus vor Kurzem nach draußen geschleppt, um Platz zu schaffen. Die ganzen Kisten stehen hinter der Hütte.«

»Danke!«, rief der Erste Detektiv. »Darum kümmern wir uns jetzt gleich. Den Rest erledigen wir dann später, wenn …«

»Schon gut, schon gut!« Tante Mathilda eilte zum Haus.

Auch die Jungen machten sich auf den Weg. Peter erklärte, dass er den Aktenkarton im Papiermüll entsorgen würde und danach in die Zentrale gehen wollte. »Ich stecke einiges von unserer Ausrüstung ein. Ich würde gern diesen neuen Peilsender mal ausprobieren, der auch Töne übertragen kann, außerdem mein Dietrichset und was mir sonst noch so einfällt.«

Aber erst mal gingen sie zu einer der Holzkisten mit den Verkleidungen. Der Deckel quietschte, als Justus ihn anhob. »Und ich suche nach passender Verkleidung. Wäre doch gelacht, wenn ich uns nicht als passable Monster, Aliens und Steinzeitmenschen gleichzeitig ausstaffieren könnte.« Er zog einen schwarzen Umhang hervor. »Damit könnte ich als Vampirfürst durchgehen, glaub ich.«

»Vielleicht finde ich im Schrotthaufen über der Zentrale einen netten Holzpflock«, meinte Peter. »Blutsauger muss man schließlich pfählen, richtig?«

»Ausgerechnet du machst Witze über Gruselgestalten? So kenne ich dich ja gar nicht.«

»Solange es sich um ansonsten harmlose Erwachsene handelt, die ihre Freizeit damit verbringen, sich zu verkleiden und Dracula zu spielen, habe ich damit keine Probleme«, versicherte Peter.

»LARP ist eine sehr ernsthafte Sache«, erklärte Justus in seinem besten Oberlehrertonfall. »Zumindest für die Mitspieler ist es mehr als … na ja, eben mehr als ein Spiel. Es drückt ein Lebensgefühl aus und erlaubt es, jedwede erdachte oder vergangene Welt zu entwickeln und mit Leben zu füllen.«

Da Peter keine Lust hatte, sich einen ewig langen Justus-Vortrag anzuhören, schleppte er schnell die riesige Pappkiste zum Müll und machte sich danach auf den Weg zum Kalten Tor. Das war ein ausrangierter Kühlschrank ohne Rückwand, dem sich ein Tunnel durch einen Schrottberg anschloss, der wiederum direkt zum Eingang des alten Campinganhängers führte, den die drei ??? als Zentrale nutzten.

Der Zweite Detektiv überlegte, was er alles mitnehmen sollte – doch diese Frage war gar nicht leicht zu beantworten. Noch wussten sie zu wenig darüber, was sie beim LARP-Camp erwartete. Also steckte er lieber zu viel als zu wenig ein. Fingerabdruckpulver, ein kleines Nachtsichtgerät, eine Spionkamera … vieles konnte sich als nützlich erweisen.

Danach ging er zu Justus zurück, der einen gewaltigen Berg an Kostümen und Klamotten angehäuft hatte neben einer Tasche voller falscher Bärte, Perücken, Hüte und anderer *netter Gimmicks*, wie er sich ausdrückte. »Wir müssen wohl mit deinem Wagen zum Camp fahren, Peter«, meinte der Erste Detektiv. »Mit den Fahrrädern können wir das jedenfalls nicht transportieren. Ich sage Bob Bescheid, dass er mit Mr Train zum LARP-Gelände kommen soll.«

Weiter geht's auf Seite 40.

Du bist von Seite 72 hierhergelangt.

Willkommen in Runde 2!

Nach einer notdürftigen Katzenwäsche in einem Toilettenwagen betraten die drei ??? frisch verkleidet die Horrorwelt. Der Vorrat an Kostümen, der in Peters MG lagerte, bot einen reichlich albernen Gespensterumhang für Bob, ein falsches Gebiss mit überlangen Eckzähnen und einen Vampirumhang für einen bleich geschminkten Peter und einen feinen schwarzen Anzug samt blütenweißem Hemd und langem Holzpfahl für Justus, der den Vampirjäger gab. Sie trugen außerdem einen Teil ihrer Detektivausrüstung bei sich – alles, was sie einigermaßen unauffällig in den Kostümen verbergen konnten. Die Horrorwelt lag bei den Steilklippen und umfasste vor allem ein genau gekennzeichnetes Höhlensystem. Am Rand der Klippen saßen etliche Spieler in den zerschlissenen Klamotten armer Leute und einige in fürstlichen Gewändern. Die drei ??? kümmerten sich nicht um sie, sondern gingen direkt in das Höhlensystem hinein. Rund um den Eingang war mit schwarzer Farbe ein großer Totenschädel gezeichnet worden, sodass es aussah, als stiege man durch ein knöchernes Maul. Hinter dem Eingang betraten die Besucher eine erste Höhle, in der sich bequem 30 bis 40 Menschen aufhalten konnten. Oder eben 30 bis 40 Monster aller Art. Allerdings schätzte Justus, dass sich tatsächlich nur etwa ein Dutzend Spieler in der Höhle befanden, sie selbst eingeschlossen. Rundum brannten an den Wänden künstliche Fackeln, deren Leuchtsysteme täuschend echte Flammen imitierten.

»Die Veranstalter geben sich wirklich Mühe«, sagte Peter.

»Realität!«, herrschte sie plötzlich eine scharfe Männerstimme hinter ihrem Rücken an. Jemand hieb Bob auf die Schulter.

Der dritte Detektiv zuckte zusammen und stolperte einige Schritte vorwärts. Da klatschte ihm ein riesiges, von der Decke hängendes Spinnennetz ins Gesicht. Er wollte es mit den Armen wegwischen, verhedderte sich aber darin. Eine fette Tarantel baumelte ihm vor den Augen. Alles nur Deko!, dachte Bob. Trotzdem ekelte er sich ein wenig.
Derweil wandten sich Peter und Justus um.
»Jungs«, sagte ein Zombie mit fahlem Gesicht und dünnen, langen Haaren in genervtem Tonfall. »Ein Geist, ein Vampir und ein …«, er zögerte, deutete auf Justus, »… ein Pfähler spazieren in aller Seelenruhe gemeinsam in die Höhle? Kennt ihr denn die Spielregel nicht? Draußen ist alles erlaubt, aber hier drin gilt die fiktive Welt. Das ist die Höhle der Ungeheuer! Wenn ein Monsterjäger einfach so hier reinkommt, würden die Horrorwesen ihn sofort angreifen. Wenn schon, dann muss sich ein Jäger hier reinschleichen!«
»Entschuldigen Sie«, sagte Justus. »Wie ist Ihr Name? Ich bin Jeremy«, log er.
»Robert Neal.«
Justus streckte ihm die Hand hin, die der andere ignorierte. »Nichts für ungut. Wir werden erst mal den taktischen Rückzug antreten, ehe Sie mich … was tut ein untotes Wesen wie Sie eigentlich, wenn es meiner habhaft wird?«
Der Zombie schaute verwirrt drein. »Was immer du da gesagt hast, es ist zu viel für mein Zombiegehirn.«
»Beißen, Just«, erklärte Bob, während er sich aus dem künstlichen Spinnennetz befreite. Die Fäden waren tatsächlich klebrig. »Untote beißen und infizieren die Lebenden für gewöhnlich. Also, in Filmen, meine ich natürlich.«

»Und hier im LARP-Camp auch!«, bestätigte der Zombie mit grollender Stimme und ließ die Zähne aufeinanderkrachen. Die drei ??? verließen die Höhle wieder. Draußen suchten sie sich eine ruhige Ecke im Schatten eines großen Felsens. An einem frühen Sommernachmittag wie diesem konnte die Sonne ganz schön brennen, das wussten sie aus Erfahrung. Kaum zu glauben, dass sie am Vormittag bereits das komplette Abenteuer in der Eisenbahnwelt hinter sich gebracht hatten. Bezüglich ihres eigentlichen Falls waren sie aber kein bisschen schlauer. Hoffentlich war Mrs Train unversehrt.
»Was soll dieses Rätselspiel, das die Entführer mit uns treiben?«, fragte Justus. »Erst die angebliche Bombe, dann dieser Auftrag, hier unter all den falschen Monstern einen echten Vampir zu finden.«
»Was schon deshalb unmöglich ist, weil es keine echten Vampire gibt«, stellte Bob sachlich fest. »Also muss es bei diesem Auftrag eine Pointe geben, die wir noch nicht durchschauen.«
»Dass ausgerechnet auf einem Rollenspielcamp jemand ein Spiel mit uns treibt, passt wie die Faust aufs Auge«, ergänzte Peter. »Wir sollen uns verhalten wie Figuren, die ihre Aufgabe in der jeweiligen Welt erfüllen.«
Justus packte einen kleinen Stein und warf ihn über die Klippen hinab ins Meer. »Aber wieso?«
»Weil es unseren Gegnern Spaß macht?«, schlug Bob vor.
»Deshalb würden sie wohl kaum Mrs Train entführen und ihren Mann in Angst und Schrecken versetzen«, gab der Erste Detektiv zu bedenken. »Irgendetwas ist hier oberfaul!«
Sie schwiegen kurz, bis Peter leise durch die Zähne pfiff. »Leute, schaut euch das an!«

»Was ist?«, fragte der dritte Detektiv.
»Dreht euch nicht um, aber eben läuft eine alte Bekannte von uns in den Höhleneingang. Sie ist zwar diesmal als Vampirin verkleidet, aber es ist eindeutig – Erinya Yantigyna!«
Justus drehte sich doch um. »Was? Vorhin war sie noch eine Schaffnerin und ist jetzt ausgerechnet hier? Genau wie wir? Seltsamer Zufall!«
Bob stand auf. »Und als Schaffnerin hat sie dafür gesorgt, dass wir drei getrennt wurden. Wie Justus glaube ich nicht an einen Zufall. Das können wir nicht ignorieren!«
»Bleibt nur eine Frage«, sagte Peter.
»Und die wäre?«
»Stellen wir sie zur Rede – oder verfolgen wir sie heimlich?«

Was sollen die drei ??? tun? Auf Seite 56 sprechen sie die verdächtige Frau direkt an.
Auf Seite 45 starten sie eine Verfolgungsaktion im Verborgenen.

Du bist von Seite 67 hierhergelangt.

»Peter!«, rief Bob entsetzt.

Der Zweite Detektiv kippte nach hinten und ruderte im Fallen mit den Armen hilflos in der Luft. Er suchte irgendwo nach Halt, fand aber nichts, wonach er greifen konnte. Mit dem Arm schlug er gegen die Hauswand. Peter schrie – und knallte mit dem Rücken auf.

Es tat weh … aber nicht wie nach einem Absturz aus dieser Höhe! Außerdem war es viel zu schnell gegangen. Er drehte sich zur Seite und begriff, dass er auf das Geländer des nächsten Absatzes der Feuerleiter gefallen war.

Er war etwa einen Meter gestürzt, mehr nicht. Peter ächzte, ging zitternd auf die Knie. »Alles klar«, rief er seinen Freunden zu. Ohne den Absatz wäre er noch satte drei Meter tiefer gestürzt.

»Das hat übel ausgesehen«, rief Bob von oben.

Peter rappelte sich auf, konnte aber im ersten Moment nur humpeln. »Hinterher!«

Die beiden Entführer kümmerten sich derweil nicht mehr um ihre Verfolger, sondern zerrten Mrs Train unsanft weiter mit sich.

Nun erkannten die drei ???, wo das eigentliche Ziel der Entführer lag. Sie steuerten das Gartentürchen im Zaun an, der sich an die Hecke anschloss und an einen kleinen Fußgängerweg grenzte. Vom Tor aus waren es keine fünf Meter bis zur Straße. Dort parkte ein kleiner, weißer Lieferwagen.

Als sich Bob an Peter vorbeiquetschte und die letzten Stufen der Leiter hinabsprang, waren die Schurken mit ihrem Opfer bereits auf dem Fußgängerweg. Der erste rannte vor, riss die Schiebetür des Wagens auf. Bob erreichte das Gartentürchen

in dem Augenblick, als Mrs Train mit einem der Entführer im Lieferwagen verschwand.
Die Tür knallte zu.
Auf der Straße war niemand zu sehen. In dieser ruhigen Wohngegend waren die Bürgersteige längst hochgeklappt und die Leute kamen nicht mehr aus ihren Häusern. Es gab keine Zeugen dieser dreisten Entführung.
Der zweite Schurke sprang hinters Steuer. Der Motor sprang knatternd an, der Wagen rollte los.
Die drei ??? hetzten nacheinander auf den Fußgängerweg.
»Los, Kollegen«, rief Justus. »Ihr beide verfolgt den Wagen! Ich habe eine andere Idee!« Mit diesen Worten warf sich der Erste Detektiv herum und rannte in die entgegengesetzte Richtung.

Wollt ihr dem Ersten Detektiv und seiner Idee folgen? Dann auf zu Seite 133.
Oder lieber mit Bob und Peter den Lieferwagen verfolgen? Ab zu Seite 88.

Du bist von Seite 99 hierhergelangt.

Bob musste nicht lange suchen – Walther war tatsächlich nicht zu übersehen. Ein riesiges hölzernes Schild, in das die Worte WALTHERS SANGESWETTSTREIT eingebrannt waren, trohnte auf der Spitze eines Pfahls. Direkt darunter saß ein Mann mit einer schrecklich künstlich aussehenden Langhaarperücke vor einem einfachen Holztisch. Ganz in der Nähe brannte ein Lagerfeuer.

Darum tummelten sich etwa dreißig LARP-Spieler – und alle, fand zumindest Bob, waren weit besser und authentischer verkleidet als er. Er kam sich schäbig vor.

Der dritte Detektiv ging zu dem Tisch. »Walther?«

Der andere verneigte sich im Sitzen. »Walther von der Vogelweide, der berühmte Minnesänger, ja, der bin ich!«

Obwohl sich Bob mit dem europäischen Mittelalter und dessen Dichtung nicht besonders gut auskannte, hatte er diesen Namen schon einmal gehört. »Fein«, sagte er.

»Ihr wollt Euch mit den besten Sängern des Erdenrunds messen? Abenteuer und Gefahren warten ebenso darauf, besungen zu werden, wie schöne Frauen!«

»Ich bin bereit«, versicherte Bob, der sich alles andere als bereit fühlte. Aber was blieb ihm anderes übrig? Während dieser Wettstreit für Walther und die anderen reiner Spaß war, ging es für die drei ??? darum, die nächste Forderung ihrer Gegner zu erfüllen, um Mrs Train zu befreien. »Nun denn – Ihr seid dabei. Welchen Namen soll ich vermerken auf meiner Liste der größten Sänger?«

Der dritte Detektiv verkniff sich gerade noch ein *Bob Andrews* und sagte das Nächstbeste: »Andrew.«

»Andrew wer?«

»Andrew, der … äh, der Dritte.«
Walther tunkte eine Feder in ein Tintenfass und kritzelte etwas auf ein Blatt Pergament. »Andrew der Dritte, wohlan, ich werde Euch einen Platz zuweisen. Wartet ab. Oder nein, wartet nicht – singt sofort gegen Euren ersten Gegner an!« Er legte die Feder weg, stand auf, kletterte auf den Holztisch, formte die Hände zu einem Trichter und rief: »Der Wettstreit nimmt seinen Anfang! Der erste Sangeskampf beginnt. Begrüßt die entzückende Nachtigall des Felsenstrands!«
Ein Mädchen in einem schrecklich kitschigen Prinzessinenkleid mit rosa Puffärmeln löste sich aus der Menge und erhielt frenetischen Applaus. Es hatte wallende braune Lockenhaare. Irgendwie kam es Bob bekannt vor.
»Die Nachtigall will eure Gunst gewinnen«, rief Walther weiter, »indem sie gegen Andrew den Dritten singt. Das Duell möge beginnen. Hört zuerst der Nachtigall zu!«
»Mein Lied ist das der Nachtigall, die den Tag beklagt, weil er endet und die Nacht beginnt«, sagte das Mädchen.
An der Stimme erkannte Bob seine Gegnerin. Sie ging auf dieselbe Schule wie er, war sogar im selben Jahrgang, aber er belegte kaum Kurse mit ihr. Im echten Leben trug sie allerdings eine blonde Kurzhaarfrisur. Auf ihren Namen kam Bob nicht.
Sie begann damit, die Tonleiter auf »La, la, la« zu singen. Danach legte sie einen Tanz hin, der ihr Kleid schwingen ließ. Sie streckte die Arme aus und sackte in sich zusammen wie der sterbende Schwan. »Wie traurig ich muss sein – dass keiner hört das Liede mein«, sang sie, und Bob musste zugeben, dass sie eine verflixt schöne Stimme hatte, wenngleich der Reim

bescheuert klang. »Im Dunkeln will keiner mich mehr seh'n – und bin ich noch so wunderschön!«
Den Rest der Darbietung verfolgte Bob nicht mehr, sondern überlegte verzweifelt, wie er etwas Besseres vorbringen konnte. Was sollte er singen? Wie das Publikum fesseln? Er war einfach nicht für die Bühne geschaffen. Aber alles Jammern half nichts. Er brauchte eine Idee, und zwar sofort! Während Amalia – genau, das war ihr Name, fiel Bob unnötigerweise ein – sich offenbar lange auf ihren Auftritt vorbereitet hatte, blieben ihm nur ein paar Minuten.
Amalia sang ein trauriges Lied. Nun, das könnte Bob auch versuchen. Traurig und verzweifelt genug fühlte er sich gerade. Oder sollte er sich ein Herz fassen und dem Publikum etwas aus seiner eigenen Lebenserfahrung vorstellen? Sozusagen etwas Spannendes aus dem Leben eines Detektivs? Hatte Walther nicht etwas von Abenteuern und Gefahren gesagt, die besungen würden?
Amalias Darbietung endete und sie erntete donnernden Applaus.
»Und nun – Andrew der Dritte!«, rief Walther.
Bob ging zögernd vor, mitten zwischen die Zuhörer, holte tief Luft … und begann!

Wie soll er starten? Mit einem tieftraurigen Lied und dem Versuch, Amalia auf ihrem eigenen Feld zu schlagen, geht's auf Seite 83 weiter. Eine spannende Darbietung aus Bobs Detektiverfahrung gibt's auf Seite 109.

Justus rannte los. Es blieb keine Zeit, seinen beiden Freunden zu erklären, was er vorhatte. Sie durften keine Sekunde verlieren! Vor dem Haus standen die Fahrräder der drei ???. In Windeseile schloss der Erste Detektiv sein Rad auf, schwang sich auf den Sattel und trat in die Pedale.
Er flog geradezu über den Gehsteig, rumpelte den Bordstein hinunter und zog den Lenker herum. So sauste er in die nächste Nebenstraße. Er trat noch schneller, die Hände klammerten sich um den Lenker.
Dort vorne musste er noch einmal links abbiegen ... dann kam er von der falschen Seite in die Einbahnstraße, die der Lieferwagen der Entführer nehmen musste! Justus hatte sich blitzschnell die Lage von Mr Trains Haus und der Straßen rundum in Erinnerung gerufen. Wie gut, dass er sich in Rocky Beach auskannte wie in seiner Westentasche. So konnte er vielleicht am Lieferwagen dranbleiben oder ...
Er trat hart in die Bremsen, als etwas auf ihn zuraste – ein dunkles Etwas, das genau in diesem Augenblick die Scheinwerfer anstellte. Das Auto der Entführer! Justus schloss geblendet die Augen. Er kippte zur Seite, fiel gegen eine Mülltonne und riss sie mit um.
Seine waghalsige Aktion fand ein jähes Ende und zu allem Überfluss klappte beim Fallen auch noch der Deckel der Tonne auf und der Inhalt ergoss sich über den Ersten Detektiv. Derweil brauste der Wagen davon. Mist!

Das war leider nichts. Auf zu Seite 61.

Du bist von Seite 128 hierhergelangt.

Du bist von Seite 51 hierhergelangt.

Justus' Ruf war noch nicht in der Höhle verhallt, als die offensichtlich gefährliche Erinya Yantigyna sich umdrehte, ohne von ihrem Opfer abzulassen. Peter und Bob bauten sich möglichst imposant am Zugang zu der kleinen Höhle auf.
»Lassen Sie die Leute in Ruhe!«, rief der Erste Detektiv weiter. »Sie können nicht entkommen und …«
»Was?!«, rief die angebliche Vampirin ihm entgegen.
Und da fiel es Justus wie Schuppen von den Augen. Wie hatte er nur so dumm sein können! Dies war kein echter Angriff, keine bedrohliche Situation gewesen – sondern natürlich Teil des Rollenspiels! Mrs Yantigyna war als Vampirin unterwegs – und diejenigen, die sie soeben scheinbar angriff, waren Monsterjäger, die sie auszuschalten versuchte.
»Wie kommst du dazu, mich aufhalten zu wollen, elendes Monster?«, rief die Vampirin weiter. »Du stehst auf meiner Seite, und diese hier sind Jäger, die uns töten wollen!«
Justus schaltete sofort um. Eine unauffällige Lösung aus dieser verfahrenen Situation bot sich an, als er sich erinnerte, wer er war. Oder eben zu sein vorgab. Nämlich ein Monster, das kurz zuvor noch ein Monsterjäger gewesen war! Also sprang er in den Raum. Dank »Umgestaltung« konnte ihn Erinya hoffentlich nicht erkennen. »Ich habe mich als Monster getarnt, aber in Wirklichkeit werde ich euch alle zur Strecke bringen, denn ich bin Henry, der Vampirkiller!« Mit diesem spontan erfundenen Namen ging er scheinbar zum Angriff auf die Vampirin über. Aus dem Augenwinkel sah er, dass Peter und Bob wie versteinert am Eingang standen und die Situation offenbar noch nicht durchschaut hatten. Bob war unter seinem Gespensterumhang ja sogar noch besser getarnt als Justus, aber

ihre Gegnerin durfte Peter nicht erkennen! »Und ihr, meine treuen Begleiter, die ihr euch ebenso verkleidet habt, nehmt euch die nächste Höhle vor, ich komme hier allein zurecht!«, gab er ihnen deshalb Anweisung. Seine Freunde verstanden und rannten davon.

Eine wilde, gespielte und völlig ungefährliche Rangelei entbrannte, in der die angebliche Vampirin gegen vier ebenso angebliche Monsterjäger kämpfte. Mrs Yantigyna erwies sich dabei als sehr geschickt, hatte aber keine Chance gegen die große Überzahl der »Jäger«. Ihr blieb nur die Flucht.

Ein doppelter Sieg für die drei ???, denn als Erinya Yantigyna in die Tiefen des Höhlensystems floh, ahnte sie noch immer nichts von dem Peilsender in ihrer Tasche, und sie hatte die drei Jungen nicht erkannt.

Das war gerade noch einmal gut gegangen …

Weiter auf Seite 91.

Du bist von Seite 81 hierhergelangt.

Peter streifte durch das Zelt. Die vielen Eindrücke erschlugen ihn fast. Überall Aliens, glitzernde Raumfahreruniformen und Laserwaffen aller Art in Holstern oder Händen.
Er belauschte einige Gespräche, in denen es um den versteckten Gestaltwandler ging. Die Spieler schienen eine Menge Spaß an diesem Rätsel zu haben und lachten viel und laut. Peter wäre es vielleicht ebenso ergangen, wenn es keinen so ernsten Hintergrund gegeben hätte. Vielleicht konnten sie Mr Train um Freikarten für eines der nächsten Wochenenden bitten, wenn der Fall gelöst war.
Er entdeckte eine Art Felsen, der gut zwei Meter hoch aufragte. Das war der höchste Punkt im Zelt, von dem aus man sicher den besten Überblick hatte. Peter bahnte sich einen Weg dorthin und stieg die grob gehauenen Stufen hoch.
Der Felsen bestand in Wirklichkeit aus Plastik, war aber stabil genug, um ihn zu tragen – und die anderen Spieler, die dieselbe grandiose Idee gehabt hatten wie er. In dieser Spielrunde gab es eine Menge Konkurrenten für die drei ???, die ihnen zuvorkommen konnten.
Von oben entdeckte Peter zwar keinen Gestaltwandler, woran immer der auch zu erkennen gewesen wäre … aber er stieß auf etwas anderes, das seine Aufmerksamkeit sofort fesselte. Besser gesagt, auf jemand anderen.
Erinya Yantigyna!
Zwar trug sie ein Kostüm, das ihren Körper in den einer riesigen Ameise mit sechs Beinen verwandelte, und eine schwarze Kappe mit haarigen Fühlern, aber sie war es – unverkennbar! Sie stand nahe beim Ausgang.
Sofort zückte der Zweite Detektiv sein Handy und rief als

Erstes Bob an. »Ich habe Mrs Yantigyna gefunden«, flüsterte er ins Handy.
»Ich auch«, sagte Bob aufgeregt.
Danach sprachen sie gleichzeitig. »Sie sieht aus wie eine übergroße Ameise und steht beim Ausgang!«, erklärte Peter, während Bob sagte: »Sie ist von oben bis unten grün und steht im hinteren Teil bei den Bänken!«

Was hat das nun wieder zu bedeuten? Leidet einer der beiden Freunde an Halluzinationen? Weiter geht's auf Seite 138.

Du bist von Seite 136 oder 140 hierhergelangt.

Es gab keinen Zweifel. Peter und Bob glaubten beide, Erinya Yantigyna entdeckt zu haben – in verschiedenen Verkleidungen und an zwei unterschiedlichen Orten.
»Einer von uns muss sich täuschen«, flüsterte Peter.
»Na, ich bin's nicht«, gab Bob zurück. »Ich stehe hier keine fünf Meter von ihr entfernt und sehe sie ganz genau!«
»Ich bin vielleicht zehn Meter von ihr weg«, erklärte der Zweite Detektiv, »aber ich bin mir genauso sicher. Vielleicht sind es Zwillinge!«
»Klar, oder Gestaltwandler!«, meinte Bob ironisch.
»Du meinst …?«
»Peter, das war ein Scherz. Es gibt keine Gestaltwan…«
»Ist mir auch klar! Aber als Zwillinge könnten sie doch perfekt den Gestaltwandler spielen! Eine hat das Aussehen der anderen angenommen. Das ist die Lösung der Aufgabe! Das sollen die Spieler herausfinden.«
Bob gab zu, dass das gar nicht so dumm klang.
Sie entschieden, dass sie beide *ihre* Erinya Yantigyna ansprechen wollten. Also machten sie sich auf den Weg und hielten die Verbindung über die Handys aufrecht. Doch zur gleichen Zeit setzten sich beide Versionen der geheimnisvollen Frau in Bewegung – in Richtung der Rakete. Als wollten sie sich dort treffen.
»Wir legen auf«, entschied Bob, »und treffen uns dort. Ich rufe Just an, dass er auch dorthinkommt!«

Weiter geht's auf Seite 10.

Die Interviews machten den drei ??? richtig Spaß und dauerten den ganzen Vormittag. Schon am Nachmittag erschienen erste Meldungen im Internet über die »echte Rollenspiel-Entführung«, wie sie genannt wurde – oder »das erste LARP-Verbrechen«, wie ein Drei-Minuten-Beitrag titelte, der es sogar ins Fernsehen schaffte. Am Montag zogen sämtliche Zeitungen mit Berichten nach.

Überall wurden die Jungdetektive aus Rocky Beach freundlich erwähnt. Als die drei ??? eine Woche später in der Eisdiele zufällig ihren Erzfeind Skinny Norris trafen, schaute dieser sie ziemlich verdrießlich an. »Ihr steht sogar noch gut da, wenn ihr nach Strich und Faden reingelegt werdet«, sagte Skinny missmutig.

Eins jedoch blieb ungeklärt, und die drei ??? kamen nie dahinter, was geschehen war. Denn natürlich war der neuerliche Rummel auf dem LARP-Gelände, den die Freunde nur beiläufig mitbekommen hatten, kein Zufall gewesen. Während sich alle Aufmerksamkeit auf die vielen Reporter vor Ort konzentriert hatte, war die Kasse des Camps gestohlen worden, samt allen Eintrittsgeldern des Wochenendes – immerhin 75.000 Dollar! Die Polizei stellte irgendwann die Ermittlungen ein, und auch die drei ??? vermochten im Nachhinein dieses Rätsel nicht mehr zu lösen, sodass ein bitterer Nachgeschmack zurückblieb.

Vielleicht hätten die drei ??? am Ende doch anders handeln sollen. Des Rätsels Lösung gibt's, wenn du auf Seite 116 zurückgehst und dich anders entscheidest ...

Du bist von Seite 116 hierhergelangt.

Du bist von Seite 81 hierhergelangt.

Bob ging kreuz und quer durch das Zelt und kritzelte hin und wieder etwas auf einen Zettel. Vielleicht konnte sich das Sammelsurium an Notizen später noch als nützlich erweisen. Das hoffte der dritte Detektiv zumindest. Es fanden sich darunter so unterschiedliche Hinweise wie »Notausgang direkt gegenüber dem Eingang« oder »Die meisten Außerirdischen offenbar selbst erfunden, daneben einige Klingonen aus ›Star Trek‹« oder auch »Mehrere Klimaanlagen und Ventilatoren am Gestänge unter der Decke«.

Man wusste nie, welches Detail später ausgerechnet das notwendige Puzzleteil liefern würde!

Bob ging an der großen Rakete vorbei in den hinteren Bereich des Zelts, wo einige Bänke aufgestellt waren.

Dort roch es verführerisch.

Bobs Magen begann zu knurren. Die unterschiedlichsten Gestalten nahmen an Stehtischen kleine Snacks ein. Egal, ob achtbeiniger Alien oder hünenhafter Raumfahrer auf Stelzen – Hunger hatten sie früher oder später alle!

Plötzlich stutzte der dritte Detektiv.

Im ersten Moment glaubte er, sich getäuscht zu haben, doch es gab keinen Zweifel. Diese Frau im hautengen grünen Anzug und mit dem von ihrem Hintern baumelnden, ebenfalls grünen Schwanz war niemand anderes als Erinya Yantigyna! Sie stand nicht einmal fünf Meter von ihm entfernt, hatte ihn aber offenbar noch nicht bemerkt. Das musste auch so bleiben! Bob duckte sich, zog rasch sein Handy und rief als Erstes Peter an.

»Ich habe Mrs Yantigyna gefunden«, flüsterte er ins Handy.

»Ich auch«, sagte Peter aufgeregt.

Danach sprachen sie gleichzeitig. »Sie ist von oben bis unten grün und steht im hinteren Teil bei den Bänken!«, erklärte Bob, während Peter sagte: »Sie sieht aus wie eine übergroße Ameise und steht beim Ausgang!«

Was hat das nun wieder zu bedeuten? Hat einer der beiden Freunde Halluzinationen? **Weiter geht's auf Seite 138.**

Du bist von Seite 28 hierhergelangt.

Für die drei ??? war der Fall sonnenklar. Ihre Auftraggeber hatten ein perfides, mehrfach doppeltes Spiel mit ihnen getrieben! Sie hatten die drei ??? nicht nur ausgenutzt, um für ordentlichen Medienrummel zu sorgen …

»Während sich alles auf uns und die Journalisten konzentrierte«, erklärte der Erste Detektiv, »hat auch Myrna ihren Platz verlassen. Richtig?«

Die Kassiererin nickte. »Ich weiß, es war ein Fehler, aber ich wollte sehen, was dort vor sich geht!«

»Das haben Mr und Mrs Train alias Fleming genau so geplant«, fuhr Justus fort. »Und deren Zwillingsschwester hat zweifelsfrei ebenfalls ihre Finger mit im Spiel. Vermutlich hat sie auch bei der ›Entführung‹ mitgespielt. Dann fehlte uns nur noch die Identität des zweiten Entführers.«

Bob nutzte eine Atempause seines Freundes, um selbst das Wort zu ergreifen. »Die Trains wussten, dass während des ganzen Rummels niemand mehr auf die Tageskasse achten würde! Und dass sie dann genau das behaupten könnten – dass es der perfekte Moment für einen Zufallsdieb wäre, um rasch zuzuschlagen. Ich könnte wetten, Inspektor, wenn Sie sie befragen, werden sie genau das aussagen.«

Cotta stimmte zu. »Da könntest du recht haben, Bob.«

»Na, sehen Sie«, sagte Justus zufrieden. »Dieses saubere Pärchen hat mit uns ein Spiel gespielt und danach dasselbe Muster noch einmal anwenden wollen. Suchen Sie nach Mrs Train, Inspektor! Sie werden sie wahrscheinlich in ihrem Haus antreffen, während ihr Mann weiter Interviews gibt und sich im Ruhm sonnt, den er und das LARP-Camp nun genießen. Bei ihr werden Sie vermutlich die 75.000 Dollar finden!«

Inspektor Cotta sah aus, als wolle er noch etwas sagen, doch er verkniff es sich und zog stattdessen sein Handy, um seine Kollegen zu informieren. Er schickte zwei Polizisten zum Haus der Flemings.

»Teilen Sie Ihren Kollegen mit, dass sie nur ein Klingelschild auf den Namen Train vorfinden werden«, erklärte Justus.

»Das werden sie schon selbst sehen«, murrte Cotta, tat aber, was der Erste Detektiv vorgeschlagen hatte. »Und ich kümmere mich inzwischen höchstpersönlich um Mr Train! Der soll sein letztes Interview gegeben haben …«

Alles kam genau so, wie es die drei ??? geschlussfolgert hatten. Als zweiter Entführer wurde der Mann von Mrs Trains Zwillingsschwester verhaftet.

Und so wurden eine ganze Menge Zeitungsartikel noch einmal umgeschrieben und berichteten nun von einer »gespielten Entführung und einem echten Diebstahl«. Von dem horrenden Gewinn, den das LARP-Camp aufgrund ihres cleveren Marketingplans tatsächlich einspielte, hatten die Trains nun nichts mehr.

Das gesamte LARP-Camp wurde nämlich für die übrigen Veranstalter zu einem sensationellen Erfolg. Die drei ??? erhielten natürlich Dauer-Ehrenkarten.

Und Bob fiel nach dem Diebstahl nun glücklicherweise die Entscheidung leicht, den Fall um das LARP-Camp doch noch in sein Archiv wandern zu lassen.